CLÁUDIO LEVITAN

OS SEGREDOS DO POÇO SECO

Ilustrações de
CLÁUDIO LEVITAN

L&PM EDITORES

Texto de acordo com a nova ortografia.

Capa: Lucas Levitan
Ilustrações: Cláudio Levitan
Revisão: Marianne Scholze

CIP-Brasil. Catalogação na publicação
Sindicato Nacional dos Editores de Livros, RJ

L647s

Levitan, Cláudio, 1951-
Os segredos do poço seco / [texto e ilustração] Cláudio Levitan. – 1. ed. – Porto Alegre [RS]: L&PM, 2023.
200 p. : il. ; 21 cm.

ISBN 978-65-5666-460-6

1. Ficção. 2. Literatura infantojuvenil brasileira. I. Título.

23-85886 CDD: 808.899282
CDU: 82-93(81)

Gabriela Faray Ferreira Lopes - Bibliotecária - CRB-7/6643

Rua Comendador Coruja, 314, loja 9 – Floresta – 90.220-180
Porto Alegre – RS – Brasil / Fone: 51.3225.5777

Pedidos & Depto. comercial: vendas@lpm.com.br
Fale conosco: info@lpm.com.br
www.lpm.com.br

Impresso no Brasil
Primavera de 2023

SUMÁRIO

Caro leitor 9
Prefácio 11

1. Vovô no hospital 14
2. A pedra solta 19
3. No esconderijo das formigas 26
4. A nuvem da dúvida 36
5. O submarinóptero 41
6. Livro secreto dos búldrios – volume dois... 50
7. Os esgotos do reino em pó 56
8. Na casa da vó Dalva 65
9. A guerra do começo do mundo 72
10. A batalha entre deuses 78
11. As fadas 86
12. O palácio de bronze 91
13. O passeio noturno 97
14. O armário secreto 105
15. No mundo de Amlaluza 111
16. O balão vermelho 119
17. Buldrielund 124
18. A primavera búldria 132

19. Noite do primeiro descanso 138
20. O jantar de boas-vindas 146
21. Início da odisseia 154
22. É o cúmulo-nimbo 160
23. Uma língua em fuga.......................... 169
24. Os rodopios mágicos 175
25. A luta dos ventos 182
26. A tinta eterna.................................. 189

Agradecimentos 199

Dedico este livro aos meus netos, Francisco, Munara, Noah e Luma, e aos meus avós, Leon e Ida Levitan, Johan e Otília Ekke.

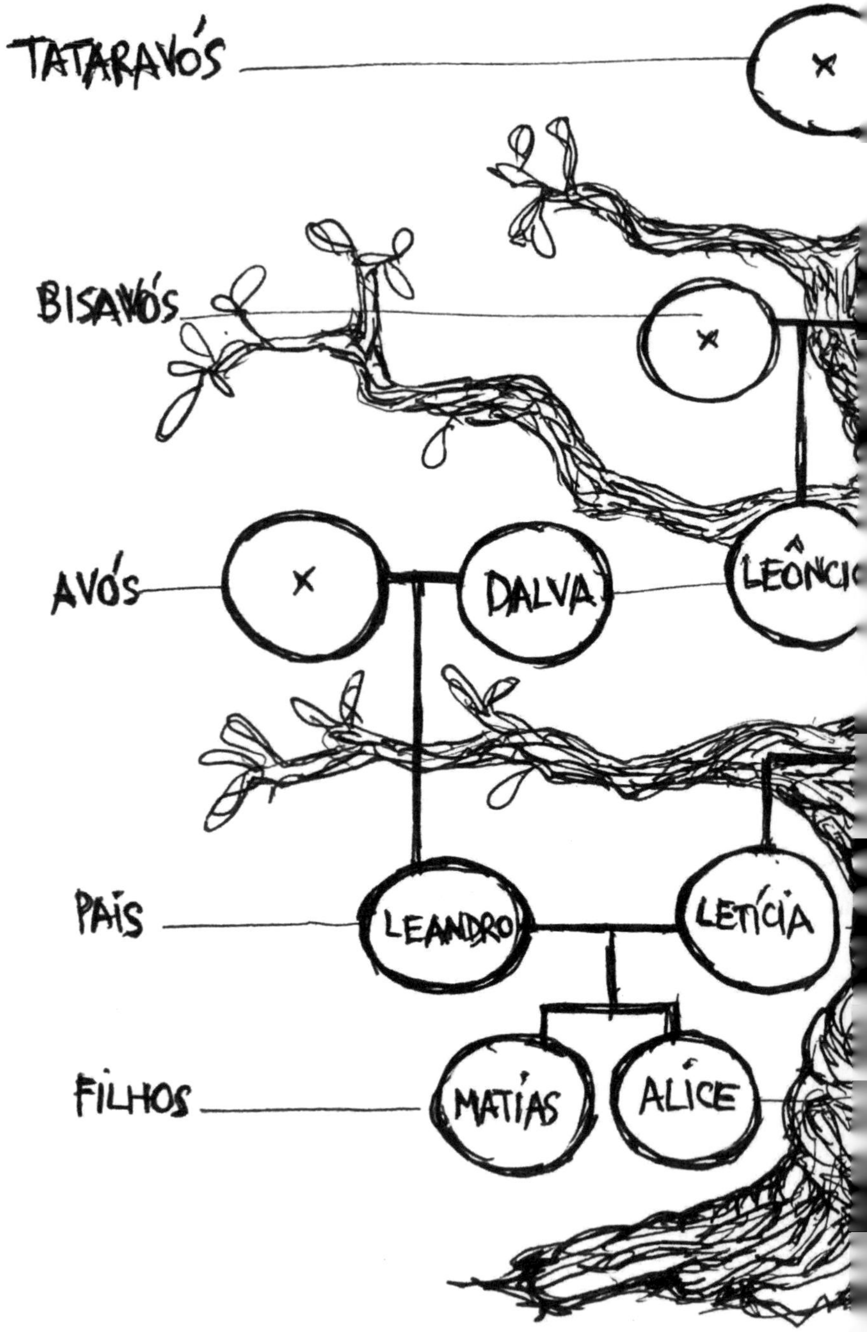
TATARAVÓS
BISAVÓS
AVÓS
DALVA
LEÔNCIO
PAÍS
LEANDRO
LETÍCIA
FILHOS
MATIAS
ALICE

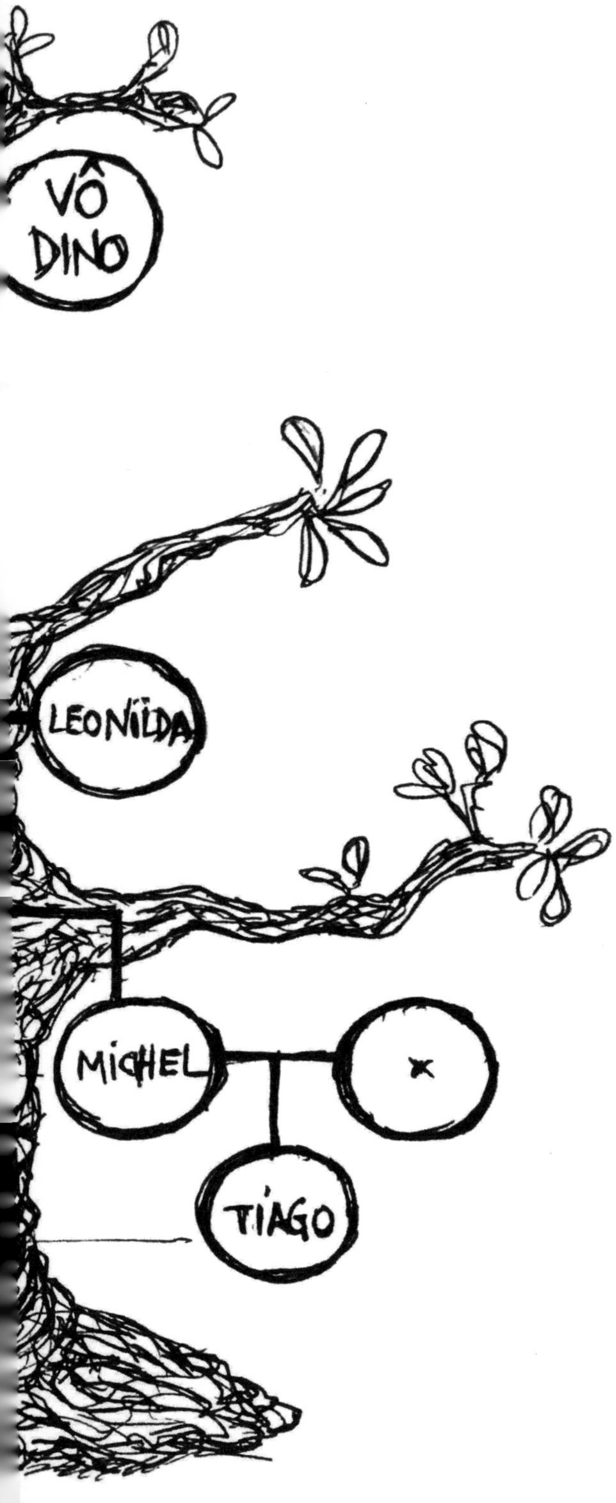

VÔ DINO
LEONILDA
MICHEL
TIAGO

CARO LEITOR

Tudo começou por causa do livro do vô do vovô que as crianças acharam no porão da casa dele.

Lendo-o, descobri que o mundo fantástico da realidade se misturava com o peso da imaginação e, com isso, me permitia viajar no ar pelo céu até a Lua. Depois, no interior da Terra até seu fogo e seus mistérios. E, por último, mergulhar nas águas profundas e superficiais para entender que o universo tem um só significado.

Não fossem os búldrios, quem nos defenderia das confusões entre os mundos da profundidade e da superfície?

O que teria acontecido conosco se eles não nos conectassem com os reinos perdidos no fundo da Terra?

Como poderíamos salvar o planeta do medo e do esquecimento, das guerras sem fim a destruírem nossos sonhos e memória, sem a astúcia das crianças e a sabedoria dos velhos?

Agradeço a você por me incentivar a continuar lendo esse livro que se escreve enquanto procuramos alcançar nosso propósito.

E, por lermos, continuamos vivos!

Cláudio Levitan

PREFÁCIO

Lembro que, na época, eu tinha a idade em que as crianças começam a diferenciar os sonhos da realidade. Era por volta de 1986, eu estava na casa do vô Leôncio quando vi uma revista. Na capa, uma foto do planeta Terra segurando um guarda-chuva – nada de mais se o guarda-chuva não estivesse todo esburacado... A reportagem falava alguma coisa sobre um tal buraco na camada de ozônio. Nunca me esqueci daquela revista, parecia falar sobre algo importante, mas não entendia o quê: não tinha ideia de quem era o "ozônio", nem sabia nada sobre aquele misterioso buraco...

Desde criança tenho certa dificuldade para separar sonhos da realidade. Há quem diga que, quando se está acordado vivendo seus sonhos, realidade e sonho se confundem... Quando criança, gostava dos bichos e das plantas (em especial da goiabeira do quintal do vô Leôncio, que nos entendia e dava frutos). Sonhava em ser ecologista para ajudar as outras espécies, até porque elas nos dão quase tudo de que precisamos: comida, roupas, casa e ainda ajudam a purificar a água e o ar.

A verdade, leitores mirins ou adultos, é que algumas das aventuras que Cláudio conta em *Segredos do poço seco* aconteceram de fato (e ainda acontecem), de forma um pouco diferente às vezes, mas acontecem. Quem já ouviu falar em mitologia greco-romana, nos deuses nórdicos, nas escrituras milenares do Egito antigo e nas lendas do interior do Brasil vai entender do que estou falando. Ou, ainda, quem abrir um jornal ou revista de notícias e tiver aquele olhar atento vai logo notar que existem, também no mundo real, bruxas, fadas, titãs, curupiras, sacis e búldrios.

Bom, mas e o que tem a ver aquela capa de revista com todas as aventuras que levaram Matias, Alice e Tiago ao interior da Terra e a enfrentarem inimigos e perigos antes de conhecerem os segredos de Gaya – o planeta Terra? Muita coisa, na verdade... isso porque aqui na superfície também vemos muita coisa errada e perigosa acontecendo, como poluição, desmatamento, fome e guerras, mas também vemos um monte de crianças novas chegando e que parecem já trazer consigo a sabedoria necessária para ajudar a Mãe das mães (Gaya) e seus trilhões de filhotes a enfrentarem os desafios do futuro.

A propósito, Tiago cresceu, virou engenheiro florestal, teve um filho e hoje planta árvores para combater o aquecimento global, Alice virou musicista e aprendeu como extrair as mais belas melodias dos objetos mais inusitados; já Matias se tornou um multiartista e hoje encanta as pessoas em todo o mundo com suas instalações, peças de teatro, cartuns e desenhos – sua criatividade parece não ter fim.

Mas para chegarem aonde chegaram tiveram antes de enfrentar muitos perigos e aventuras, tudo para tentar salvar o planeta e o vovô...

É nessa aventura que vocês, leitores, estão prestes a ingressar.

Boa leitura ;)

Diego Serrano

(vulgo Tiago)

I

VOVÔ NO HOSPITAL

Vocês acreditarão em mim, uma goiabeira de fundo de quintal, se eu disser que encontraram o velho Leôncio no fundo do poço seco depois de passarem o dia todo procurando por ele? Foi só no final da tarde desse domingo. Isso que o avô tinha desaparecido na noite anterior.

O poço fica no fundo do terreno, longe do meu tronco, e está desativado há anos. Mesmo grudada ao chão, presa às minhas raízes, consigo acompanhar tudo quando recorro às minhas folhas. Eu jogo algumas delas sobre as pessoas, então elas se fixam em seus cabelos, roupas ou qualquer outro lugar. Depois vão me contando o que estão vendo, como se fossem meus olhos e ouvidos.

Assim soube pela Folhosa, que está no bolso da roupa da Alice, o que está acontecendo:

Hoje pela manhã, as três crianças mal entraram no quarto do hospital para visitar o vovô e ele perguntou, ansioso:

– Meus netos queridos, vocês estão bem? Como conseguiram fugir lá do fundo da Terra e voltarem vivos para casa?

Os três estavam felizes em vê-lo:

– Você não morreu, vovô?

– Por que está no hospital?

– Como foi aparecer no poço seco?

Depois de uns instantes sorrindo, o vô Leôncio respondeu:

– Estou melhor. Acho que prejudiquei a minha saúde ao tentar salvar meu vô Dino da Bruxa dos Cinco Narizes. Se não fosse o Curupira a me arrastar pelas cavernas do fundo da Terra e me trazer até o poço seco, eu ficaria preso para sempre no Reino em Pó. E vocês, como voltaram?

Alice começou respondendo:

– Fomos levados por um vento do fundo da Terra até o porão.

– Achamos que foi o Saci! – completou Matias.

– Pegamos no sono, de tão suave que foi! – Tiago explicou – ...ou desmaiamos!

– Será que o Saci se arrependeu de ajudar a bruxa e voltou para o nosso lado?! – vovô ficou admirado.

– Vovô, foi o Curupira quem te ajudou? – Matias quis saber.

– Sim! Ele me guiou pela escuridão das cavernas, como meu pai fazia nos passeios da minha infância. Ao encontrarmos uma floresta fossilizada, ele deitou e dormiu. Roncou com as duas bocas que tem, a da barriga fazia um som grave e a da cabeça, agudo. O som ressoava por tudo. Dizem que um curupira pode ficar dormindo por anos, embalado pelo seu próprio ronco.

– Mesmo, vovô?! – interrompeu Alice, admirada.

– Também me recostei num dos troncos e dormi como numa poltrona! Até sonhei que estava na cozinha da casa da minha mãe conversando com ela e com minha irmã. De repente, ouvi uma voz gritando "Papai, acorda! Você está bem?". Era a Letícia. Me achou deitado no fundo do poço. O Curupira me ajudou a sair dali sem ela notar. Na confusão, deixei cair o livro do meu avô e um frasco com meu pó de pimenta. Devem ter ficado escondidos no meio das folhas.

Letícia e uma enfermeira entraram no quarto:

– Papai, agora você precisa descansar e as crianças devem ir para a casa da vó Leonilda almoçar. Ela está esperando. Vamos embora para deixar o vovô dormir.

O vô Leôncio pediu para chegarem mais perto e cochichou:

– Não contem para ninguém. Preciso que vocês me tragam o livro e o frasco que deixei cair no fundo do poço. Voltem logo, não se demorem!

– Sim! – Alice respondeu.

2

A PEDRA SOLTA

Oi, Goiabeira, estamos no carro da Letícia indo para aí.

Folhosa, estou vendo vocês chegarem no portão da casa do vovô. Estão vindo em minha direção. A vó Leonilda está adorando a correria das crianças e esperando por Letícia para conversarem. Ué, aonde as crianças vão com tanta pressa? Passaram por mim e estão indo direto para o fundo do pátio, nem pediram para ir ao porão. Lógico, estão interessadas no poço! Matias pegou a escada escondida sob um monte de folhas secas.

– Pô, Tiago! Alice! Vocês não vão me ajudar?

– O que você vai fazer com isso? – Tiago perguntou com preguiça.

– Descer no poço e pegar as coisas que o vovô nos pediu – Matias respondeu irritado.

– Como é pesado esse troço!

– Força! Ajuda a puxar... Isso, agora levanta a ponta e apoia na murada. Empurra a escada... mais. Cuidado, não deixa ela cair, segura forte... uai! Ela está escorregando da minha mão! Ai! O que houve?

– Uma ponta chegou no fundo e outra apoiou aqui. É só descer!

– Quem vai descer?

– Crianças, venham almoçar! A vó Leonilda fez uma comida muito boa! Depois vocês descem para brincar! – Letícia chamou da janela.

– Vamos deixar para depois, estou morto de fome – Matias já se virou para ir para a mesa.

– Afinal, quem vai descer lá? – insistiu Tiago.

– Deixa que eu vou! Não tenho medo, ele está seco. – Alice já foi subindo na sua beirada.

– Agora não! Depois do almoço! Vamos ligeiro! – Matias falou do meio do caminho. Alice desistiu e saiu correndo para dentro de casa, perseguida pelo Tiago.

Ótimo, Folhosa, continue contando o que está se passando com eles!

Mal terminaram de comer e de escovar os dentes, saíram correndo para entrar no poço. Alice foi direto para a escada e começou a descer, corajosamente – era perigoso e bem escuro!

– Tudo bem aí embaixo, Alice? – Matias perguntou.

– Não está com medo? – provocou Tiago.

Alice não ligou e continuou descendo. Parou no meio do caminho. À sua frente, tinha uma pedra da parede fora do lugar. Ela estava solta. Pelas frestas, passava uma luz. Fez um esforço para ver o que era aquilo. Tanto puxou que a pedra caiu lá no fundo do poço.

– Opa! Matias! Tiago! Venham ver isso, um mundo mágico! – ela gritava para os meninos sem desgrudar os olhos do que via.

– Alice, pega logo esse livro e sobe! Temos pressa, a mamãe está nos esperando para irmos pro hospital agora! – diz Matias.

Alice se calou assustada vendo aquele mundo estranho pelo buraco aberto. Era como se estivéssemos não no interior de um poço, mas na janela de uma torre. Campos e montes a perder de vista. Tudo em tons de cinza e preto, a única cor era o vermelho do fogo que se apagava. Árvores escuras, queimadas e retorcidas, ainda com brasas no interior. Galhos com espinhos espalhados por tudo, alguns como garras de pássaros abatidos. As nuvens pareciam sacos sujos cheios de raios e trovões explodindo a todo momento. Fumaça saindo pelos buracos das rochas. Uma mancha negra, como petróleo derramado, cobria parte do lago e avançava, pouco a pouco, crescendo e encobrindo toda a água.

– Essa destruição parece com a do Reino em Pó!

Uma nuvem lembrando vultos enormes se aproximava como um exército em sua direção.

– Parece que tem olhos! O que é aquilo? – vinha também outra nuvem pequena e roxa formada por uns bichos brilhantes e furiosos.

– Ai! Que estranhos, não têm corpos, só olhos! Um deles quer me pegar! – Alice fugiu descendo a escada até o fundo do poço, mas ele a seguiu. Ficou dando voltas e puxando seus cabelos. Ela pegou um galho solto do chão e o espantou.

– Ligeiro, Alice! – os meninos gritaram lá de cima.

Ela aproveitou para pegar o livro e escondeu-o no meio das suas roupas. Com a outra mão, girava o galho e gritou:

– Pare! Tenho que ver o meu vô no hospital antes que seja tarde!

Os bichos voaram como uma nuvem de insetos para fora do poço e sumiram no céu. Matias e Tiago estavam a caminho da casa. Alice correu para alcançá-los:

– A mamãe disse que se demorarmos ela vai ao hospital sozinha! O que houve, Alice?

– Tinha uns bichos me mordendo! Mas consegui pegar o livro!

– Que bichos, Alice?

– Não sei direito. Eles puxavam meus cabelos. Fiquei com medo. Saíram de um lugar estranho que surgiu por trás de uma pedra solta da parede do poço. Chamei vocês para verem, mas não vieram! Era um mundo mágico!

– Vamos logo! Chega de conversa! – Matias estava com pressa.

– Crianças! – Letícia chamou – Vocês não devem brincar perto do poço, é perigoso.

O vovô caiu nele e se machucou! Precisamos ir, se nos atrasarmos não poderemos visitá-lo. Se demorarem, vou ter que ir sozinha!

– Espera, mamãe! – saíram correndo atrás dela.

3

NO ESCONDERIJO DAS FORMIGAS

Sentados no banco de trás do carro, esperando Letícia e a vovó, as crianças folheavam o livro apoiado sobre as pernas do Matias.

– Que lindo! – exclamavam.

Quando elas entraram no carro e sentaram nos bancos da frente, Matias, rapidamente, escondeu o livro na mochila. Letícia entrou falando:

– Mamãe, você não devia deixar o papai sozinho!

– Mas, filha, ele saiu no meio da noite sem me avisar! Eu não podia imaginar que ele cairia naquele poço abandonado! Não somos mais jovens, qualquer tombo pode ser um desastre!

Letícia, olhando pelo retrovisor, perguntou:

– Crianças, botaram os cintos de segurança?

– Eles não tiveram aula hoje? – a vovó interrompeu.

– Não, só terão amanhã. Vocês estavam vendo um livro? – Letícia perguntou, curiosa.

– Ãhn?... Não... – Matias logo mudou de assunto: – O hospital em que o vovô está fica longe?

– Não, já vamos chegar. Um pouco de paciência...

• • •

– Pronto, estamos entrando no estacionamento!

As crianças estavam ansiosas.

– Vão, enquanto falamos com o médico. Comportem-se direitinho!

As crianças entraram sozinhas no quarto. O vovô, sentado na cama, sorriu com a chegada:

– Queridos, esperava por vocês. Cadê o livro e o frasco?

– Só consegui pegar o livro. Fui atacada por uns bichos e corri de lá...

Enquanto Alice falava, aflita, Matias entregou o livro para o vovô, que o folheou, encantado:

– Não se preocupe, Alice, depois vocês pegam o frasco. O livro era o mais importante... Estou curioso. Matias, lê para nós?

Juntaram-se em volta da cama do vovô. Matias apoiou o livro no colchão e abriu a primeira página:

Meu querido neto Leôncio,

Voltei a escrever no meu diário depois de passar longo tempo preso e desacordado. Agora estou podendo retomar minha vida, como se tivesse renascido. Decidi deixar essas memórias para ti. Nunca se sabe o que virá, se sobreviveremos a essa aventura de viver, que continua perigosa. E pensar que tudo começou quando encontrei três pequenas crianças no pátio da minha casa. Minúsculas como pequenos ratos, menores que os famosos gnomos e mais inteligentes que a maioria dos homens, os "búldrios" vivem no fundo da Terra, escondidos dos seres da superfície. Ninguém consegue explicar o ódio contra esse pequeno povo. Depois de tantos planos para exterminá-los, conseguiram fugir para o fundo da Terra, onde parece que vivem seguros.

Quando encontrei as três crianças búldrias, Arne, Drísli e Dóvery, elas estavam assustadas. Tinham escapado da

Bruxa dos Cinco Narizes que dominava, como uma tirana, o Reino em Pó. Pobrezinhas, foram passar as férias escolares com os pais numa viagem de estudos pelos mundos subterrâneos. Justo na primeira visita, a mais esperada por eles, foram surpreendidos pela violência e pelo terror que dominava aquele lugar. Conseguiram escapar do exército da bruxa graças ao sacrifício de seus pais, que, para salvá-los, pediram ajuda a uma toupeira. Ela os levou escondidos até as raízes da Figueira, que ficava no fundo do pátio da minha casa. Dali, facilmente, eles alcançaram a superfície e pude encontrá-los. Estavam escondidos entre os arbustos que circundavam a Figueira, protegidos pelo Saci e pelo Curupira. Os pais, no entanto, foram capturados.

Resolvi ajudá-los. Com o apoio de todos os cinco, construímos um transporte especial para penetrar o solo da Terra e chegar ao centro do reino. Tudo isso para salvar seus pais. Para concluir o nosso tatumóvel e ajudar na sua direção, usamos o potente olfato dos três búldrios. Por isso, os coloquei na ponta, no parafuso-perfurador, que chamei de "nariz" do tatumóvel.

O plano estava dando certo. Até que nos chocamos violentamente contra a rocha que protegia o castelo da bruxa, destruindo o veículo. Depois do acidente, o Curupira e eu fomos presos pelos soldados e ficamos confinados com outros prisioneiros. O Saci sumiu na sua poeira de vento e as crianças nunca mais foram vistas. Fiquei triste ao pensar que morreram com o choque.

Não tive tempo de procurá-las. Fomos pegos e levados à força. Nos colocaram em redomas de vidro, cápsulas para retirar dos nossos sonhos o pó de pimenta e fabricar o xarope da recriança, um néctar que torna eterno quem o bebe. A bruxa fabricava essa bebida para dar ao seu exército de monstros e comparsas.

Neste momento, estou com o Curupira e mais cinco búldrios adultos escondido no almoxarifado da área de apoio da nossa câmara de extração. Foram as formigas guardadeiras gigantes, amigas e admiradoras dos búldrios, que nos salvaram. E nos trazem comida e bebida desde o dia em que nos retiraram das cápsulas. Agora, planejamos fugir daqui.

Imagine! Entre os cinco búldrios, estavam os pais das crianças que viemos salvar no Reino em Pó! Se chamam Anders e Audhill. Contei toda essa história e eles ficaram muito contentes em saber notícias dos filhos. Mas não houve jeito de convencê-los de que talvez tivessem morrido com o choque do veículo na rocha. Não acreditaram e pronto. Anders me apresentou os outros três búldrios:

– Esses são os talentosos Pimpinelas, artistas de Buldrielund, a Almin e os gêmeos, Paparron e Papalis, nossos amigos desde os tempos da escola. Nascemos na mesma primavera. Fomos todos

presos quando visitávamos o Reino em Pó com a escola dos nossos filhos.

– Vocês não sabiam da Bruxa dos Cinco Narizes? – perguntei.

– Sim, sabíamos, mas não que ela era tão poderosa e malvada. Nossa missão, além de mostrar o mundo para nossos filhos, era a de ensiná-los a resolver os problemas do planeta. E aqui estava havendo uma grande ameaça que precisava ser interrompida o mais rápido possível. A Rubinack é uma máquina maligna que deve ser destruída. Venha até aqui!

Anders me mostrou, através de um pequeno buraco numa das paredes, algo parecido com um laboratório gigante. E explicou:

– Veja! Essa é a Rubinack, um complexo sistema de tubulações e esferas de vidro que recolhem os líquidos dos sonhos e os transformam em pó de pimenta. Os pesadelos são jogados no esgoto e despejados para fora do reino. Os so-

nhos dos prisioneiros produzem uma luz azulada nas cápsulas, feito pequenos céus. Essa luz embaça os vidros e se condensa, transformando-se num líquido pastoso que é conduzido por tubulações de vidro às esferas intermediárias e, dessas, à Esfera Maior, onde, com o calor do fogo da Terra, viram pó branco como açúcar. Esse pó é misturado com licores, transformando-se no xarope da recriança. Os prisioneiros, no princípio, são induzidos ao coma e depois passam ao sono profundo. Ficam sonhando para sempre. As cápsulas se azulam quando os sonhos são intensos. Há momentos em que a caverna das prisões fica toda iluminada como o céu da superfície. Às vezes, nuvens escurecem algumas cápsulas. Isso significa que o prisioneiro, coitado, está tendo pesadelos e pode ser descartado. O pó estragado produzido pelos pesadelos não é aproveitado, pois contamina o pó de pimenta. Há um dispositivo especial que identifica quando a luz é escura, assim o líquido é eliminado por outro conduto até o esgoto.

Letícia entrou no quarto com a vó Leonilda, o médico e duas enfermeiras. O vovô pegou ligeiro o livro da mão do Matias, o colocou embaixo do travesseiro e cochichou para as crianças:

– Eles não podem saber do livro. Guardem segredo!

O médico sentou ao seu lado:

– Tudo bem, Leôncio? Seus netos estão ajudando no seu tratamento e devem visitá-lo sempre que possível.

– Que bom, doutor! Então, amanhã nós voltaremos, não é, crianças? – Letícia comentou contente, e foram para casa em seguida.

REDOMA

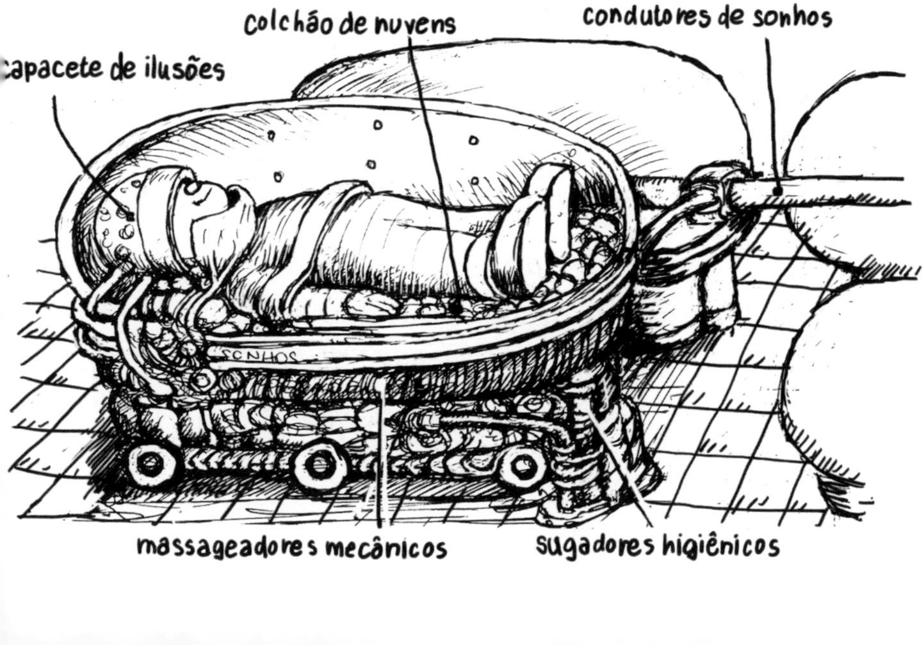

4

A NUVEM DA DÚVIDA

Antes de dormirem, as crianças conversaram sobre o que aconteceu:

– Alice, o que você viu no poço? – Matias perguntou, preocupado.

– Uns bichos pequenos, estranhos e furiosos. Fugiram pelo buraco que abri no poço, sem querer.

– Bichos? Não eram morcegos?

– Não tinham corpos, só asas transparentes, que batiam rápidas como as do beija--flor, e muitos olhos, um ao lado do outro, como espuma roxa com milhares de bolinhas de sabão.

– Eu vi uma nuvem roxa saindo do poço quando Alice subiu – comentou Tiago.

– E eu senti um vento passando perto da minha cabeça. Será que eram eles? – Matias deu-se conta.

– Vieram em minha direção também como uma nuvem de bichos. Você acha que eram morcegos? Ai, que nojo!

– Nesses lugares abandonados tem muitos morcegos, sabiam? – comentou Matias e mudou de assunto. – E se acharem o livro debaixo do travesseiro do vovô e botarem fora ou entregarem para mamãe? O vovô pediu segredo sobre o livro, não é?

Alice estava com medo por ter retirado a pedra do poço.

– Será que eles vão nos atacar à noite?

– Não, Alice! Eram morcegos – Matias concluiu.

Sabe, Goiabeira, Alice quase não dormiu a noite toda. Mal pegava no sono e logo acordava aos prantos, assustada com os pesadelos. Falava de um monstro horrível com três olhos; em outros momentos, tinha milhares! Ela chamava os pais, pedia ajuda, mas eles ficavam ali um pouco e saíam:

– Você já é grande, não deve ter medo. Ninguém vai lhe fazer mal. Aqui, você está protegida!

– O monstro disse que, se ele não me pegar, vai ao hospital atacar o vovô! Temos que ajudá-lo!

– Não se preocupe, amanhã iremos lá – tentavam tranquilizá-la.

Demorou a dormir.

• • •

– Alice, vamos logo! Está todo mundo esperando no carro. – O dia amanheceu e Matias estava na porta, pronto para ir embora.

– Por que essa pressa, Matias? – Alice, sonolenta e cansada, se arrumava devagar.

– Quero chegar à escola para contar o que aconteceu conosco nesse fim de semana!

– Também vou contar tudo para os meus colegas! – disse Tiago. – Que fomos no sábado pra Lua e no domingo pro fundo da Terra!

– E você, Alice, não vai contar pra ninguém?

– Não sei…

A escola ficava no alto de um morro, cercada por um jardim com grandes árvores. O edifício principal parecia um templo grego com uma escadaria imponente e o nome do colégio inscrito num frontal enorme. Próximo ao portão de entrada, um chalé de madeira com varanda comprida e muitas portas, cada uma de uma cor, cada cor uma sala, no meio de um parque com balanços e gangorras. Ali ficavam os pequenos. Numa das portas, a amarela, Alice entrou. As aulas do Tiago e do Matias ficavam no prédio grande. Entraram pela porta de madeira crua, como de um castelo. E desapareceram.

A sala de Alice era coberta com desenhos nas paredes. Tinha um que ela fez da professora, que, às vezes, parecia uma bruxa, quando perguntava coisas que Alice não sabia. Ou se tornava uma fada, quando falava de brinquedos e aventuras.

Mal terminaram as aulas, Alice, Matias e Tiago foram direto visitar o vovô no hospital. Letícia veio buscá-los.

– O vovô está ansioso para falar com vocês. Mas cuidem para não cansá-lo. O médico disse que ele passou mal à noite.

5

O SUBMARINÓPTERO

Abriram a porta do quarto com cuidado para não acordá-lo.

– Chegaram? Que bom! – vovô cochichou, ao abrir um dos olhos, fingindo que dormia.

A enfermeira virou-se antes de sair e comentou:

– Que entusiasmo é esse, seu Leôncio? Os netos despertaram seu ânimo? Estava abatido, não dormiu bem essa noite. Falava de bruxas voando pelo quarto, umas atacando-o e outras querendo um livro importante, escondido num lugar secreto! E agora, contente? Cuidem desse vovô maluquinho que gosta de inventar histórias.

Alice arregalou os olhos quando soube das bruxas. Mal a enfermeira saiu, o vovô disse:

– Eles não acreditam em mim! Ligeiro, Matias, pegue o livro na gaveta e continue a leitura.

No esconderijo das formigas gigantes, tivemos tempo para conversar.

Os Pimpinelas até se animaram cantando uma canção búldria.

(Acesse para ouvir a canção.)

"Stuvânia vonvlênia stuvênia

Punguvônia Prastulínea destuvúwnia..."

De repente, as formigas entraram correndo, aflitas. Esfregaram suas antenas nas mãos estendidas da Audhill e da Almin.

– Elas estão nos pedindo silêncio – alertou Almin.

Todos pararam, imediatamente, e ficaram atentos:

– Alguma coisa séria está acontecendo no reino. Os soldados foram convocados e estão de prontidão, preparados para atacar a superfície – traduziu Audhill. – E descobriram um movimento de rebeldes lutando contra a bruxa. Falam que são comandados por búldrios!

– Búldrios? – Anders e Audhill surpreenderam-se.

– Não é oficial, mas os boatos falam de uma revolta às escondidas – confirmou Almin.

– Não podemos ficar aqui! – Anders deu-se conta.

– Para onde vamos? – perguntei.

– Temos que encontrar nossos filhos – disse Audhill.

– Nós ficaremos! Precisamos achar uma saída para vocês. Todas estão controladas pelo exército! – Anders preocupou-se.

– A única saída é pelos esgotos do reino, que dão nos rios mitológicos e seguem até Buldrielund – lembrou Paparron.

– Boa ideia! – dissemos juntos.

– Mas como? – Anders interrompeu. – É um labirinto de água podre. Vocês não têm como ir, precisam de um barco ou de um submarino...

– Ou helicóptero para voar em alguns trechos – sugeriu Papalis.

Enquanto falavam, lembrei do modelo que desenvolvi havia muito tempo e que poderíamos usar. Interrompi:

– Tenho a solução: o submarinóptero!

– O que é isso?

– Vô Dino sempre inventando veículos malucos! E esse agora, um sub-ma-ri-nóp-te--ro?! Tem algum desenho? – vovô perguntou, curioso.

– Ainda não. Quando aparecer, eu mostro. Vamos continuar?

– Sim! – vovô sorriu e voltou a se recostar.

Peguei as anotações do meu livro e mostrei o desenho do protótipo.

– É exatamente disso que vocês quatro precisam! – Anders empolgou-se: – Um veículo que voa, flutua e mergulha. Ótimo! Vamos construí-lo.

– Vocês quatro? – me surpreendi.

– Sim, os três Pimpinelas vão com você para ajudá-lo. E o Curupira fica conosco.

– Temos um problema, vô Dino! – Audhill advertiu. – Se fizermos o submarinóptero

do seu tamanho, ele não passará pelos esgotos, nem entrará em Buldrielund. Nossa cidade é de gente pequena, não de gigantes como vocês! Teremos de diminuir você.

– Me diminuir?

– Não se assuste. É muito simples, basta tomar um pouco de buldrielux. É até gostoso! Você diminui na hora! – Audhill me acalmou e, com a ajuda de Almin, misturaram uns líquidos dos frascos que tinham nas bolsas, sacudiram e me deram para beber.

– É melhor se deitar para não ficar tonto com a transformação.

– GLUPNHOQUENHECOGLUPTI!

Tive a impressão de que a minha cabeça girava como um pião e saía fumaça pelas orelhas. Meus braços e pernas encolheram. Tudo em mim diminuiu. Fiquei pequeno, pelado e com frio. A roupa ficou enorme e caiu sobre mim. Anders trouxe um avental limpo, como os usados pelos prisioneiros búldrios. Serviu direitinho.

O mundo mudou, ficou enorme. Demorei para chegar aonde eles estavam. E estranhei não ser mais gigante.

– Como leio o livro se ele permaneceu grande? – mostrei, apontando para o meu lado.

Audhill jogou duas gotas do líquido mágico e o livro pulou feito balão furado, caindo pequeno aos nossos pés.

Anders chamou as formigas. Pediu que saíssem em busca dos materiais e ferramentas de que precisávamos.

Não demoraram muito e trouxeram placas de ferro, tubos, vidros, madeira, arames, além de parafusos e pregos. Abrimos espaço no meio da sala para construí-lo.

O submarinóptero tinha cabina de vidro resistente, permitindo uma visão ampla; sistema de deslocamento do eixo da hélice principal, para usar na água como submarino e no ar como helicóptero; além disso, outra hélice, pequena e auxiliar, para manobras radicais. O motor ficava atrás da cabina, que tinha um eixo móvel de 180 graus para cima e para baixo.

A habilidade dos búldrios era surpreendente. Tinham talento no trato com metais, madeira e barro. Suas mãos eram estranhas e especiais. Da ponta dos dedos, saíam, como unhas de leão, pequenos ossos fortes, na forma de ferramentas. Um parecia chave de fenda; outro, um furador; dois dedos, o médio e a indicador, formavam uma tesoura; e com o polegar, tinha-se um alicate; esse mesmo polegar era usado também como martelo.

Em pouco tempo, o submarinóptero estava pronto. Ficou lindo, um barco-pássaro-peixe. Para usarmos como proteção, fizeram quatro roupas especiais em couro macio, com bordados coloridos e munidas de capacetes.

– *Atenção! Os soldados estão fazendo ronda pelos corredores. Precisam fugir! Preparem-se para a guerra.*

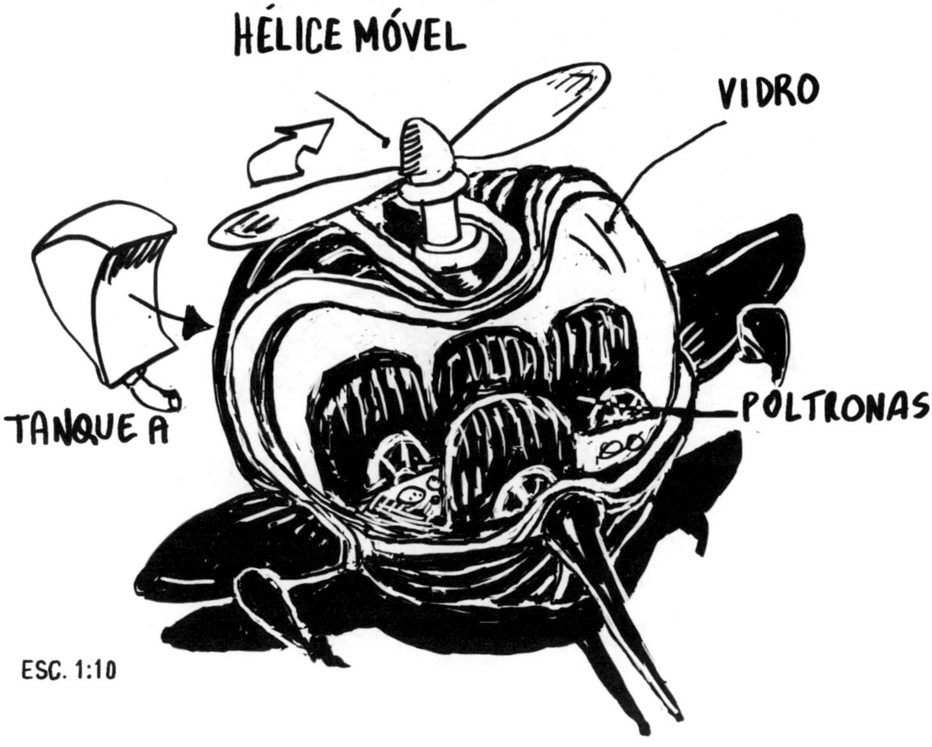

6

LIVRO SECRETO DOS BÚLDRIOS - VOLUME DOIS

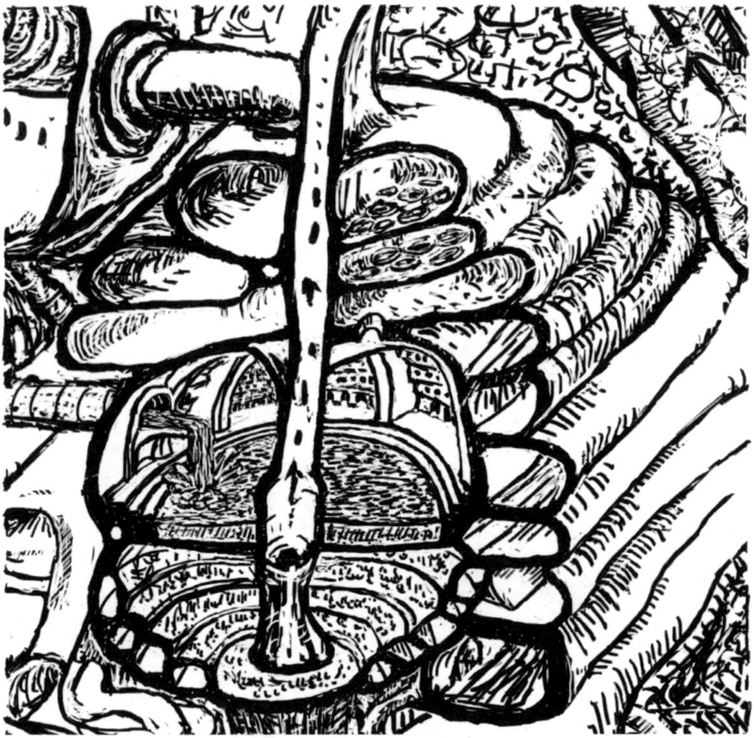

– Puxa, que legal esse submarinóptero! – interrompeu Alice.

– Agora entendi! Quando meu vô Dino falava que tinha bolado um veículo para viajar nas águas de cima e de baixo, eram as do mar e do ar!

– Essa viagem não vai ser mole! – Tiago comentou.

– Vamos continuar! – Matias não tirou os olhos do livro.

> *Antes de iniciarmos nossa viagem, Anders me entregou um livro para nos ajudar na nossa missão: o segundo volume do* Livro secreto dos búldrios.
>
> *O primeiro volume conheci quando seu filho, Arne, me mostrou tempos atrás, lá na minha casa, para chegarmos ao Reino em Pó.*
>
> *– O desafio inicial será enfrentar os esgotos do reino com suas águas podres, feridas de pesadelos e lágrimas dos prisioneiros – disse ele. – Depois passarão por perigosos desafios. No livro, encontrarão informações importantes. É bom estudar antes.*

Fiquei encantado com a beleza do livro. Trazia tudo sobre o fantástico mundo dos búldrios, em detalhes, e quase não dormi lendo-o durante a noite. Tinha desenhos dos mundos subterrâneos; das estradas que ligavam uns aos outros; a localização dos rios mitológicos no interior da Terra. Falava das tradições búldrias, seus cantos e festas, e até mesmo sua anatomia. Também apresentava o ritual de nascimento coletivo na primavera búldria, quando se dá o início do novo ano.

O livro mostrava as coordenadas da complexa localização de Buldrielund no interior da Terra; um mapa completo do Reino em Pó, sua estrutura e seu sistema de esgotos. Me detive no lançamento das águas servidas nos rios mitológicos que circundavam as fronteiras do reino.

Definimos nossos primeiros passos e entramos no submarinóptero. Sentei na frente, onde estão os comandos e a direção do veículo; nas três poltronas de trás ficaram os búldrios. Papalis nos comandos dos motores e da manutenção; Paparron, nos de apoio e emergência; e Almin, nos planos de voo e de navegação.

– A visita terminou!

Vovô, muito esperto, pegou o livro da mão do Matias na hora em que a porta se abriu e o escondeu embaixo da coberta. Piscou para as crianças e cochichou:

– Preciso da ajuda de vocês, temos que fazer alguma coisa com as bruxas que invadiram meu quarto. Procurem uma solução!

– Vamos, crianças, o vovô precisa descansar – Letícia fingiu expulsá-los. Saíram logo depois das despedidas. Alice olhou para trás e viu o vovô de olhos fechados. Dormira em seguida ou estava fingindo?

Livro secreto da terra desconhecida dos búldrios – volume 2

"Buldrielund" – o reino dos búldrios

Sumário

1 Céu de Safira ou a Abóboda Celestial

2 Buldrívere e o Lago de Cristal

3 Estações Central e Meridional

4 Vias Tubulares

  4.1 Leste–Oeste

  4.2 Sul–Norte

5 Eixo Monumental e a Coluna Búldria

6 Anéis Externos

  6.1 Superior (Anéis de Aprendizado)

  6.2 Inferior (Anéis de Trabalho)

7 Galerias Subterrâneas

  7.1 de Fornecimento de Energia

  7.2 de Abastecimento e Distribuição

8 Sistema de Esgoto

9 Sala dos Livros Vivos

10 Outros Departamentos

11 O Ninho

12 A Primavera Búldria

13 O Verão e a Nova Geração
14 Outono, Época de Enamoramento
15 Buldriezung, a Canção das Festas
16 Anatomia, a Construção do Corpo Búldrio
17 Rios Imaginários e Mitológicos
18 Reinos Imaginários:
18.1 Reino em Pó
18.2 Amlaluza
18.3 Palácio de Bronze
19 Costumes e Tradições
19.1 Como Fazer o seu Próprio Cróton

7

OS ESGOTOS DO REINO EM PÓ

Depois do almoço, na hora das lições, Alice sempre reclamava:

– Droga, não tenho lição de casa, mamãe!

– Na sua idade, os professores não passam tarefas, querida!

Por outro lado, Matias estava nervoso. A dele era difícil, um monte de exercícios de matemática. Tiago, por sua vez, disse que ficou de castigo e tinha que fazer um exercício especial para o dia seguinte.

– Castigo? Por quê, primo? – perguntou Matias.

– Quando contei sobre as nossas aventuras, o colega ao meu lado falou que era mentira e me joguei sobre ele. Agora temos que copiar um texto sobre bom comportamento. Duas páginas inteiras! – contou Tiago.

– Também na minha aula ninguém acreditou, a não ser a Patrícia, que disse que também já foi pra Lua com o avô dela, mas nunca ouviu falar do Reino em Pó! – explicou Matias.

– Vamos ao hospital à tarde, mamãe? – Alice mudou de assunto.

– Sim, mas só depois das lições. Quem não fizer não vai.

Cada um pegou a sua mochila e foi estudar. Alice retomou:

– Vocês acreditaram no vovô quando ele falou sobre as bruxas?

– Hum? – murmuraram sem tirar o rosto dos cadernos.

– Como vamos ajudar o vovô a expulsá-las do quarto?

– Não temos tempo para pensar nisso agora, Alice! Temos que fazer a lição. Por que você não procura nos livros da biblioteca algum tipo de armadilha para pegar bruxas? – Matias perguntou.

Alice aceitou o desafio e foi para a biblioteca. Como não sabia ler, procurava nas ilustrações dos livros velhos algo que pudesse ajudá-los.

• • •

– Matias, Tiago! Venham aqui, ligeiro!

Ela achou a figura de um mago com um chapelão pontudo e uma rede de caçar borboletas cheia de uns bichos estranhos, iguais aos que ela vira no poço. Os meninos correram até a biblioteca:

– O que está escrito aqui? – apontou para o texto abaixo da foto.

– “Professor Dumbledore pegou uma nuvem de bruxas perto de Hogwarts”.

– São bruxas mesmo! – Alice se assustou.

– Precisamos de uma rede dessas! – Matias concluiu.

– Meu pai tem uma com buracos maiores – Tiago comentou.

– Já terminaram? – Letícia perguntou lá da cozinha.

– Ainda não! – os dois voltaram correndo para as escrivaninhas, Alice ficou sozinha folheando outros livros em busca de mais coisas.

• • •

Quando terminaram as lições, Letícia levou as crianças ao hospital. Ao chegarem na frente do quarto, havia um aviso na porta:

PACIENTE NO OXIGÊNIO

– O que houve, mamãe?

– O vovô está com dificuldades para respirar e precisa da ajuda de um aparelho. Não se preocupem. Ele não pode falar muito, mas pode ouvi-los. Vocês ficam aqui, que eu vou à enfermaria falar com a enfermeira chefe – Letícia abriu a porta e pediu para entrarem.

O vovô esperou ela sair do quarto, deu um sorriso com os olhos, pegou o livro de debaixo do travesseiro, retirou a máscara do rosto e disse:

– Continue a leitura, Matias. Vou ficar de olhos fechados ouvindo.

Matias retomou de onde havia parado:

Liguei os motores no modo helicóptero.

Alçamos voo e seguimos com cuidado pela tubulação vertical até chegar ao canal que recebia os esgotos das demais câmaras de extração. Como o canal era quase horizontal, usamos o modo barco e seguimos na corrente das águas em direção ao fundo do reino.

À medida que avançávamos, aumentava a quantidade de canais de esgoto. As ondas cresciam de tamanho e corriam com mais velocidade. No começo, as águas densas pareciam uma pasta grossa de pesadelos. Pouco a pouco, ficaram mais líquidas. Lágrimas de dor e pensamentos tristes aumentavam o rio que levava as sobras do reino.

Na curva em declive, o submarinóptero teve que submergir nas águas escuras para não bater no teto da tubulação. Vimos de perto seres imaginários assustadores, aos montes, uns sobre os outros.

A água cheia de dormência e ferimentos brilhava com os olhos vermelhos de súplica. Quis ajudá-los, mas Paparron advertiu:

– Não pare, vô Dino! Esses suplícios não são de verdade. São pesadelos e não devem ser levados a sério.

Fiquei confuso, mas me concentrei no caminho, nas galerias mofadas, nas grandes ondas, na descida em alta velocidade. Papalis me advertiu:

– Você tem que pegar o caminho que leva a um dos reservatórios de tinta negra. Lá vamos encontrar a saída.

– Mas como encontrar nessa escuridão?

– Siga a corrente. Todas as águas vão cair lá!

U

a

u

u!

Caímos no reservatório do lado oeste do reino com tanta força que quase batemos no fundo.

– Vamos abastecer os tanques! – gritou Paparron. – Essa tinta será importante para preservar o futuro.

Enquanto o submarinóptero submergia, os búldrios abriram as válvulas e encheram em segundos os tanques.

– Agora, suba até a superfície para acharmos a saída!

Usei toda a força do submarinóptero. Manobrei para que seguisse no caminho. De repente, surgiu no fim do túnel, à nossa frente, a visão de um vale coberto pela neblina. Em seguida, caímos de uma altura incrível.

– O motor enguiçou. Não temos hélice. Cuidado! Tente...

– Uau

u

u!

A porta do quarto se abriu repentinamente e entrou uma enfermeira com o carrinho de comida, largou-o no caminho, fechou a cortina da janela e disse:

– Hora do jantar, seu Leôncio! Vamos retirar o aparelho e comer!

Matias, de costas para a porta, fechou o livro antes que a enfermeira percebesse e o colocou embaixo das cobertas. Vovô assentiu com a cabeça e deu uma piscadela para as crianças. Alice se aproximou dele e falou baixinho:

– Achamos um livro que fala sobre as bruxas que me atacaram e invadiram seu quarto. Elas existem mesmo! Precisamos achar a rede certa para pegá-las!

Vovô concordou fazendo um sinal positivo com o polegar.

– Vamos, crianças! Digam boa noite para o vovô! – Letícia entrara para buscá-los. – Esta noite vocês vão dormir na casa da vó Dalva.

8

NA CASA DA VÓ DALVA

Vó Dalva esperava as crianças na porta da sua casa:

– Entrem, meus anjos! Preparei uma sopa quentinha para vocês!

Alice estava nervosa, nem a cumprimentou direito e saiu contando:

– Vó, as bruxas invadiram o quarto do vovô, ele precisa de ajuda. Tem uma rede especial para pegá-las, mas não sabemos onde encontrar.

Vó Dalva não se surpreendeu e falou com serenidade:

– Precisamos saber de onde elas vêm, de que lugar. Talvez possamos ajudá-las a se tornarem fadas de novo.

– Foi no poço seco! Vi elas saindo de um mundo estranho! A culpa foi minha, deixei elas fugirem, por medo... – Alice choramingava.

– Quando foi isso?

– Quando fomos buscar o livro do vô do vovô...

– Vocês acharam o livro?!

– Não é nada disso, vovó! – disse Matias, e tratou de cochichar no ouvido de Alice: – Puxa, Alice, não conta para ninguém, o vovô pediu!

– Olha o que eu trouxe – Alice mostrou o livro que achou na biblioteca da sua casa.

– Era desse livro que ela estava falando, vovó! – Matias falou aliviado.

– Olha essa figura, a gente consegue pegar com essa rede, mas onde vamos achar uma igual? – Alice perguntou.

– Como assim? Você viu esse tipo de bruxa na casa do vô Leôncio? No poço seco? Isso é uma péssima notícia. Significa que a Bruxa dos Mil Olhos está invadindo nosso mundo de novo! Isso aconteceu no tempo em que eu era jovem como vocês e ela veio destruir nosso planeta e quase conseguiu. Virou tudo de cabeça para baixo. Ninguém se entendia, todo mundo se odiava. Foi horrível. Quase que acabou numa guerra total...

– É mesmo, vovó?! – os três exclamaram juntos.

– Já tive uma rede dessas – vó Dalva continuou. – Acho que botei fora. Vamos procurar outra coisa para substituí-la. Essas bruxinhas são perigosas, temos que ter cuidado com elas. Você tem razão em se preocupar. Esperem, vou buscar outro livro.

Ela logo trouxe um volume de capa dura e bem grande:

– Olhem esse!

– Bah! Que grande!

– Ele tem tudo que precisamos saber. Já no começo, o livro explica que o mundo em que vivemos é apenas uma pequena parte de um número infinito de mundos; que tem coisas que não podemos ver, nem tocar, mas isso não significa que não existam. Fala que precisamos ter paciência e dar atenção ao que falam os bebês, os cães, os bichos, mesmo que não os compreendamos, e também aos seres imaginários que surgem em nossas cabeças, aos sonhos que nos assustam, à escuridão que nos desperta, à luz que nos consola. Enfim, tudo o que ocorre neste mundo tem sua razão de ser e todos desempenhamos um papel neste grande corpo humano que é a sociedade, mesmo que nem sempre estejamos conscientes disso.

– A bruxa está planejando nos atacar?

– Sim! Ela sempre está nos atacando e nunca percebemos. Por isso, precisamos saber de onde vem – vó Dalva explicou. – Sei que veio do poço seco. Foi só você quem viu, Alice?

– Sim, eles não quiseram descer quando eu chamei!

– Vocês precisam ir lá novamente. Provavelmente ela está invadindo os mundos imaginários, sequestrando-os e jogando-os no vazio escuro do esquecimento.

– Uau! Isso que é aventura de verdade! – Tiago entusiasmou-se.

– Amanhã continuamos. Agora vocês precisam jantar. Enquanto arrumo a cama no chão para dormirmos juntos, vocês se servem de sopa, que já está na mesa. Comam também um bolo de mel. Não se esqueçam de lavar as mãos e depois escovar os dentes. Vou buscar os lençóis e as cobertas para a nossa cama.

Eles saíram correndo, se divertindo. Depois de vestirem os pijamas e deitarem-se em volta da vó Dalva, Matias retomou o assunto:

– Você acha que o vovô vai morrer?

– De onde tiraram essa ideia? Nós vamos ajudá-lo. Não só a ele, mas ao mundo todo, capturando essas bruxas roxas. Elas são nosso problema! Ele precisa recuperar seu corpo cansado. Fazendo a nossa parte, tudo vai dar certo!

Enquanto ela falava, as crianças pegaram no sono.

• • •

Acordaram bem cedo. Era ainda escuro. Sentaram-se na cama e começaram a folhear o livro que a vó Dalva tinha emprestado. Pelos barulhos de louça, ela já estava na cozinha preparando o café da manhã.

– Já sei o que podemos fazer... – Tiago cochichou, pois algumas das bruxas podiam estar voando na sala feito moscas.

– Boa ideia, está resolvido o nosso problema! – Matias concluiu.

– Crianças, vão se lavar, tomar café e ir para a escola! O Michel já está aí fora esperando vocês! A Letícia avisou que, depois das aulas, vocês precisam ir direto ao hospital visitar o vovô. Ele quer vê-los, diz que tem assuntos importantes para tratar. Que assuntos são esses? Algo a ver com as bruxas?

Os três primos pularam da cama e deixaram a pergunta no ar.

9
A GUERRA DO COMEÇO DO MUNDO

– Olá, vovô! Como você está?

– Estou bem, obrigado por terem vindo. Tiveram alguma ideia de como expulsar as bruxas do meu quarto?

– Sim! Lembra, vovô, que eu deixei o frasco com seu pó de pimenta no fundo do poço seco? – Alice perguntou, quase gritando, enquanto abria a janela do quarto.

– Os monstros dos reinos subterrâneos estão indo lá para roubar o seu frasco, vovô! – Tiago gritou alto, olhando para os lados.

– Por que vocês estão gritando? Que história é essa?... Que vento foi esse? Feche a janela, Alice, não posso me gripar!

– Deixe conosco – cochichou Tiago no ouvido do vovô. – Agora vamos ler o livro?

– Sim, não podemos perder tempo. Matias, comece a ler! – o vovô se animou e entregou o livro, já aberto na página em que pararam:

> *Enquanto caíamos, vimos à nossa frente uma paisagem em tons escuros.*
>
> *Os esgotos do reino saíam de uma muralha de rocha lisa como um cristal e caíam, em cascata, num lago lá embaixo. O submarinóptero girava como um pião. Mergulhamos até o fundo e voltamos como uma boia. As águas do lago*

tinham tons lilases, diferentes das do esgoto, que eram de um negro denso.

– Esse lago nos leva à terra dos guerreiros vikings mortos em batalha – disse Almin olhando a carta de navegação à sua frente na mesa de comando.

O odor era horrível. Tinha cheiro de carne podre. Na escuridão sinistra, vimos uma ponte de pedra coberta de musgos pendentes como serpentes ameaçadoras.

Seguimos, lentamente, rumo ao fim do mundo pela corrente natural do rio. Ao passar por baixo da ponte, ouvimos uma voz aguda e metálica:

– QUEM VEM LÁ? ONDE PENSAM QUE VÃO? SOU A GUARDIÃ DA PONTE! NINGUÉM PODE ENTRAR!

Era uma criatura esquelética com farrapos de antigas e inúteis asas. O vento passava pelos molambos de sua carne como por uma velha cortina. Seus pés e mãos em garras se prendiam aos paredões e ela subia facilmente:

– Vocês não estão mortos. Não podem ficar aqui! Não é permitido! *– disse, arrumando os poucos fios prateados como teias de aranha em sua caveira azulada.*

– Guardiã, estamos só de passagem, seguimos com destino a Buldrielund! Nos deixe passar!

– Vocês, búldrios, gostam de transitar pelos mundos. Mas não comigo! Nesta terra não entram búldrios, nem ninguém mais! Aqui estão os deuses e monstros mortos no começo do mundo, e eles permanecem aqui!

– E como foi que isso aconteceu? – Paparron fingiu interesse.

Almin cochichou para mim:

– Ela gosta de contar essa história. Sempre repete, como se o tempo tivesse parado nesse momento!

A guardiã se ajeitou imponente e contou:

– Vejam como tudo acabou – *estendeu os braços mostrando as ruínas com corpos caídos, cada um numa posição.* – O rei dos deuses vikings preparou-se a vida toda para esse momento de guerra total: homens contra gigantes, anões contra elfos, homens contra homens, todos contra todos. Prepararam-se para esse dia mas o que sobrou, no fim, foram seus corpos estendidos para sempre, desde o começo dos tempos. Desde então, nenhum ser vivo pode entrar aqui! Ou melhor, não podia.

– Como assim "não podia"?!

– Não sabem? A Bruxa dos Cinco Narizes está distribuindo o xarope da recriança para voltarmos à vida eterna. Diz que se vingará do mundo da superfície e repetirá a grande batalha!

– Precisamos sair antes que ela descubra que sou o fugitivo mais procurado do Reino em Pó – cochichei.

A guardiã ouviu nossa conversa e gritou com sua voz estridente, ressoando por toda região:

– Ele está aqui! Avisem a bruxa! Prendam-no!

10

A BATALHA ENTRE DEUSES

As crianças estavam assustadas com a história e pularam para cima da cama, se abraçando.

– Por que ele não ficou quieto, não é, vovô?

– Ele pensava que ela não fosse ouvir! Mas não tenham medo. Meu vô sempre dizia:

confie que sempre vai dar certo. Continue lendo, Matias!

Por sorte, os deuses ainda não conseguiam se mover, e o submarinóptero voltou a funcionar!

Mergulhamos e seguimos a corrente das águas por um túnel estreito, desviando das pedras e das paredes. Depois de longo percurso, surgiu o segundo rio mitológico. Na margem da primeira curva, um amontoado de estátuas de antigos deuses greco-romanos, aos pedaços, se esparramava entre escombros. Seguimos as águas alaranjadas e escuras desse rio, ouvindo, entre sussurros e mexericos, comentários do tipo:

– Vênus, não se preocupe, você continua linda. Com o xarope da recriança, voltará à forma original. Esqueça da sua estátua demolida, a cada gole você se recupera...

– Estou ridícula, uma deusa aos pedaços! Antigamente, multidões de fiéis vinham

depositar oferendas aos meus pés. Pobre de mim!

– Não reclame, logo seremos ativos novamente.

– Marte, percebe que estamos no mesmo campo de batalha em que nosso pai, Júpiter, venceu Saturno, o nosso avô, e seu exército de monstros? Com esse xarope, eles voltarão à vida e teremos de enfrentá-los outra vez!

– Sinto que estou me fortalecendo, e isto basta. Lá vêm os soldados com mais uma dose!

Nesse momento, Paparron me advertiu:

– Vamos sair daqui! Submerja! Depois, voltamos para ouvir o que se passa fora do reino.

Mais adiante, vimos sereias e ninfas retomando seus hábitos de enfeitarem-se junto às margens dos rios.

– Minerva, não tome das águas desse Rio do Esquecimento! Só beba o xarope que

os soldados oferecem, assim recuperará a eternidade e seus poderes.

– Vocês repararam como a Deusa Fama reativou o seu velho Palácio de Bronze e passou a espalhar pelos quatro cantos do mundo todo tipo de verdade e mentira?

– Não é ela, dizem que quem ocupou o palácio foi a Bruxa dos Mil Olhos e que a Fama está presa no porão!

– Bruxa? O mundo está sendo invadido por bruxas! Não basta a dos Cinco Narizes, agora é a dos Mil Olhos?

– Não fale assim, Minerva! A Bruxa dos Cinco Narizes é boa, distribui eternidade para todas nós! Veja os meus cabelos, estão sedosos novamente. Depois que tomei esse xarope, estou me sentindo mais bonita que antes!

– Acho a Bruxa dos Mil Olhos mais legal ainda. Ela nos transforma em figuras famosas. Em todos os lugares do mundo estão falando de mim!

– Como assim?

– Basta ir ao palácio e espalhar novidades sobre você. Não precisam ser verdadeiras, bastam ser interessantes, como segredos, fofocas e mentirinhas!

Paparron voltou a comentar:

– Ouviram isso? Ela está transformando a Terra num mundo de zumbis famosos!

– E dominando a todos com os poderes da Deusa Fama! – acrescentou Papalis.

Nos escondemos embaixo de uma folha que flutuava na correnteza e fomos ouvindo as conversas das ninfas, enquanto passávamos, lentamente, perto da margem.

– A última notícia é que o perigoso vô Dino está escondido por aqui!

– Submergir antes que nos vejam! – Papalis sussurrou.

Mergulhamos e, súbito, surgiu uma barreira enorme, um remo gigante nos trancando o caminho:

– Parem! Quem são vocês? Aqui só anda quem está com o corpo leve da morte; o peso do corpo vivo afunda os barcos fantasmas!

– Pimpinelas, vocês conhecem a história do Orfeu? – cochichei para eles. – Para trazer sua amada do mundo dos mortos, ele tocou sua lira, encantando a todos com sua música!

Rapidamente, Paparron e Papalis pegaram seus instrumentos e Almin começou a cantar divinamente. Já nos primeiros acordes o dono do remo, imponente, conduzindo a barca pelos rios do Inferno, se encantou. Não só nos deixou passar como nos acompanhou, abrindo caminho entre os monstros. Enquanto navegávamos tensos, o barqueiro comentou:

– Esse mundo já não é mais o mesmo. De um tempo para cá, os deuses e monstros começaram a abandonar o reino dos mortos. Dizem que vão destruir o mundo da superfície. Será melhor, pois vou

receber mais moedas para deixar entrar tantos mortos. Ficarei rico! Hahahaha...

Sua risada estremeceu as galerias por onde o rio seguia. Íamos aos limites do mundo, afastando-nos da ameaça do exército da bruxa.

– Onde fica o Palácio de Bronze? – a voz de Almin se sobressaiu pela suavidade entre tantos barulhos.

– Fica onde os fins do céu, da Terra e do mar se encontram... é bem em frente, por aquele rio de águas verdes até o redemoinho do fim do mundo.

Nos olhamos e, antes que ele percebesse, seguimos o rumo que ele apontou, um canal mais escuro que o breu e que se estreitava mais e mais.

– Queridos, posso entrar? – uma nova enfermeira bateu gentilmente na porta enquanto se aproximava. – O tempo de visita acabou!

Enquanto ela fechava a janela, guardaram o livro no esconderijo com cuidado. Despediram-se e saíram correndo. Antes, Tiago cochichou para o vovô:

– Se nosso plano der certo, as bruxinhas vão deixar o seu quarto ainda hoje! Se é que já não saíram. Tchau, vovô!

II
AS FADAS

As crianças convenceram Letícia a deixá-las almoçar na casa da vó Leonilda. Disseram que era "porque ela estava preocupada e chorava o tempo todo, dava tanta pena!". O objetivo delas era outro. Depois do almoço, desceram para ir direto ao poço seco.

– Vamos ver o mundo estranho que Alice descobriu. Se é verdade, mesmo! – Tiago provocou.

Desta vez, desceram os três.

Uma luz forte saía do buraco deixado pela pedra lateral do poço, iluminando o seu interior: uma janela para o mundo mágico que ela descobrira. Agora, o lugar estava diferente: todo verde, com árvores frondosas e gramados. No meio do campo, havia uma coisa estranha; parecia um ninho cheio de bebês pequenos, do tamanho de uns ratinhos; saíam pelos lados e engatinhavam ao redor.

– Puxa, mudou muito! O que está acontecendo aqui? Vejam, são bebês búldrios – cochichou Alice.

– Como? Será que essa é a Terra dos Búldrios? Dentro do poço? – se surpreendeu Matias.

Dava para ver no meio do campo um ninho com mamães e papais búldrios se divertindo com seus bebês. Quando eles botavam suas mãozinhas ou seus pés na lama ou na areia sem vida, ou mesmo nas pedras ou árvores retorcidas e secas, cresciam folhas, gramas, musgos, e o lugar se enchia de cor. Rolavam pelas colinas como pequenas bolinhas de pluma, deixando rastros de gramado coloridos com flores amarelas. Borboletas e mariposas saíam dos troncos caídos e se espalhavam por todos os lados; bichos mostrando seus focinhos saíam dos buracos, retomando a vida. Pequenos seres alados voavam por esse reino, bruxinhas que, subitamente, se tornavam fadas.

Umas vieram em nossa direção, se exibindo sobre nossas cabeças. Pousaram na beirada da pedra onde estávamos e gesticularam alguma coisa. Pediam para fazermos silêncio e com mímicas nos mostraram algo no fundo do poço.

– Vejam, estão mostrando onde estão escondidos aqueles bichinhos roxos que você viu! – Tiago sussurrou.

– Estão tentando pegar o frasco com o pó de pimenta!

– Sim! Conseguimos enganá-las, elas vieram todas do hospital para cá! – Tiago pegou seu boné com cuidado para que elas não o vissem. Num vapt-vupt, como uma rede de caçar borboletas, prendeu todas com um só movimento e jogou o boné com elas dentro para o lado do mundo mágico. Ele foi cair bem longe, perto do lago. O frasco ficou intacto no chão do poço. As fadas aplaudiram a astúcia de Tiago.

– Crianças, venham! Precisamos ir!

Era Letícia, com a cabeça toda dentro do poço, chamando-os.

– Vocês estão aí nessa sujeira? Saiam já! Vão sujar as roupas e não vão poder ir ao hospital!

As fadas voaram para seu mundo, nos olhando pelo buraco da pedra, e logo sumiram.

– Não estamos tão sujos assim, mamãe – Matias tentou justificar.

– Vão lavar as mãos e o rosto e tirar o pó das roupas! – ela pediu.

– Para mim, nem dá para dizer que estávamos num poço – Alice falou convencida.

Mas a sua mãe, sorrindo, insistiu:

– Vocês estão imundos. ...Vamos assim mesmo!

12

O PALÁCIO DE BRONZE

Seguiram para a visita da tarde.

A enfermeira avisou Letícia de que o médico a esperava no consultório e levou as crianças até o quarto. Ao chegarem na frente da cama do vovô, ela se despediu, dizendo que voltaria no fim do horário de visitas para buscá-los. Assim que saiu, o vovô abriu os olhos e piscou para as crianças.

– Venham aqui! Estou fingindo que durmo para eles não me incomodarem com perguntas para doente. Tenho uma novidade: não vi mais nenhuma bruxa no meu quarto. Vocês conseguiram prendê-las? Acharam o pó de pimenta?

– Sim, está aqui! As fadas do poço nos ajudaram.

– Muito bem! Guardem ele na gaveta e vamos continuar a leitura, não temos muito tempo!

Matias abriu na página marcada e continuou.

Mesmo no escuro, as águas do rio brilhavam com pingos de luz laranja.

Súbito, nos vimos diante de um paredão de rocha lustroso por causa da umidade. O submarinóptero afundou como um peixe e foi sugado na corrente das águas por um gigantesco redemoinho. Giramos, como num carrossel, em volta de um buraco do qual não se via o fim. Conseguimos voar e sair do outro lado. Um mundo estranho, verde-escuro como mofo, em que o céu era justamente o fundo do redemoinho por onde entramos. Chegamos numa terra vazia com um ar espesso, úmido, denso como água.

Um enorme palácio com a forma de um recife de corais, coberto por muitos tipos de cornetas, que serviam de orelhas e alto-falantes, ocupava o centro desse lugar. Uma multidão de pessoas, como zumbis, girava em sua volta, espalhando boatos. Não dava para saber se andavam, nadavam ou voavam.

– Este é o Palácio de Bronze da Deusa Fama. Seu nome significa "voz pública" – Almin lê na carta de navegação.

A Fama não estava ali. Era a Bruxa dos Mil Olhos quem ocupava o seu interior, fazendo dele o seu corpo. Usava as mil cornetas para captar as fofocas de todos os lugares, próximos ou distantes, e das bocas do castelo fazia megafones para ampliar as notícias, espalhando mentiras pelo mundo. Por castigo, tornou-se essa bruxa diluída sem corpo que andava nas águas e no ar, com olhos feito gotas, enxergando o que não é importante.

Ao ocupar o palácio, passou a dominar o mundo pelo fascínio que a fama exerce nos deuses e nos homens: o poder de hipnotizar multidões e esvaziar suas mentes.

Ficamos quietos por um instante. Um vozeirão espalhava-se pelo vácuo do Palácio de Bronze e ressoava por todos os seus alto-falantes, propagando-se pelo mundo:

– Atenção! Recebemos a notícia de que o perigoso Dino e seus comparsas estão nas cercanias de meu palácio. Paga-se uma grande recompensa por sua captura!

– A multidão está vindo em nossa direção! – falou Papalis.

Paparron, sabendo que a bruxa gostava de fofoca, sussurrou para seu irmão gêmeo:

– Vô Dino está morto...

A notícia se espalhou pelos quatro ventos:

– Vô Dino está morto!

A bruxa ficou eufórica e gritava:

– Vô Dino morreu! Me tragam seu submarinóptero!

– Opa! Por essa eu não esperava! – Paparron se deu conta do problema.

Uma parte dos gigantes que se dirigiam ao Congresso do Mal voltou para o Palácio de Bronze para pegar o nosso veículo.

Fiz uma manobra rápida e, em vez de fugir, voltamos para o interior do palácio. Entramos furando os seus olhos.

Tivemos uma surpresa, não havia ninguém! Era uma casca sem conteúdo. A bruxa desapareceu no momento em que entramos nele.

– Chega por hoje, seu Leôncio! O senhor tem que tomar os remédios, medir a pressão e descansar – a enfermeira, como prometeu, veio buscar as crianças.

Vovô logo fechou os olhos tentando fingir que continuava dormindo e cochichou:

– Não se esqueçam de voltar amanhã. Precisamos terminar a nossa leitura e saber como usar o pó de pimenta.

13

O PASSEIO NOTURNO

– Hoje, vamos todos dormir aqui, inclusive a vó Dalva, que veio ficar na casa da vovó Leonilda para fazer companhia. Ela está precisando da nossa ajuda – Letícia falou quando chegaram.

– Eu arrumo as camas!

– Eu cuido da mesa!

– Ah, não! Eu não vou lavar os pratos, vou?

Vovó achou graça. Resolveram tirar a sorte. Coincidentemente, Alice ficou de arrumar as camas, o Tiago, a mesa, e o Matias, de lavar os pratos.

Depois de arrumarem tudo, foram para o quarto dormir.

– Vocês lembram que o vovô pediu para descobrirmos o que fazer com o pó de pimenta? – Matias ficou refletindo. – Deve ter um bom motivo, afinal os búldrios pediram para ele trazer...

– Vejam! – Alice exclamou apontando para a janela.

– O que é aquilo?

– Uma luzinha... outra... e mais outra!

Foram ver do que se tratava.

– São fadas!...

– Abre, deixa elas entrarem!

Matias abriu a janela. Eram três. Ficaram dando voltas por cima das crianças e depois pousaram, uma sobre o caderno de lições do Matias, outra na caixa de lápis e a terceira na prateleira de livros. Olhavam fixamente para os primos.

– O que vocês querem?

Todas falaram ao mesmo tempo na língua das fadas, que é um tipo de zumbido estridente como dos grilos. Não dava para entender nada.

– Lembra-se do que a vó Dalva falou? Temos que ter paciência para entender o que elas dizem.

– Paciência? Com esses gritinhos de doer os ouvidos? – Tiago reclamou.

– Calma, vamos tentar entender, sem falar nada.

Cada um deitou na sua cama, com a cabeça apoiada nos braços cruzados. Assim ficaram um tempão, ouvindo e vendo. Elas pulavam de um lado para o outro, gesticulavam e faziam mímica.

– Entendi! – disse Matias, pulando da cama. – Estão nos convidando para irmos lá fora! Querem nos mostrar algo.

– O quê? Sair a essa hora? Ficou louco? – Tiago não concordou.

– Parece importante! Vamos lá! – Matias falou, decidido.

– A mamãe e a vovó não vão gostar! – Alice se preocupou.

– Elas não vão saber. Já estão dormindo, não façam barulho!

Saíram sem acender as luzes. As fadas iam na frente iluminando o caminho com asas brilhantes. Foram no escuro para não chamar atenção. Passaram pelo quarto da vovó (elas deixaram a porta aberta). Da cozinha, chegaram ao pátio.

A lua cheia iluminava o topo das árvores e parte do gramado. O resto era sombra e escuridão da noite. Ouviram o som agudo das fadas, chamando-os lá de dentro do poço. As crianças pararam na borda e olharam para baixo.

– Elas pedem para a gente descer, mas está escuro!

– Vejam! Apareceram mais fadas para iluminar o poço!

– Vamos descer, não podemos demorar!

A luz das fadas iluminava um pouco o interior do poço, e isso os encorajou. Quando os três chegaram ao fundo, nove fadas pousaram nos degraus da escada e uma décima ficou voando.

De repente, passaram a entender tudo o que diziam. No início, falavam juntas; depois, só uma, a que voava, explicou, pausadamente:

– Só aqui no poço vocês conseguem nos entender. Lá em cima, nossas palavras viram um zumbido. Tínhamos que avisá-los dos perigos que o vovô está passando com a bruxa solta. Ninguém consegue vencê-la sozinho. Ao retirar a pedra, ela fugiu para atacá-lo e ao mundo.

– Fui eu a culpada!

– Não, Alice! Agora estamos juntos contra ela. Temos, além de vocês, os búldrios.

– Os búldrios?

– Sim, eles trouxeram o ninho da primavera com seus bebês para limparem o nosso mundo.

– Então, foi por isso que tudo mudou tanto por aqui! – Alice concluiu.

– Como podemos ajudar? – Matias estava preocupado.

– Vocês devem fazer duas coisas: não parem de ler o livro do vô do vovô sob nenhuma hipótese! A bruxa tentará impedi-los e isso poderá custar a vida dele e a de todos nós. Outra coisa: precisam achar, num dos esconderijos da bruxa, o frasco com o "orvalho de mãe". Levem-no e misturem com o pó de pimenta. Deem a solução para o vovô beber. Façam isso!

– Onde ficam os esconderijos da bruxa?

BUMMM!

Ouvimos trovões e alguns pingos começaram a cair nas cabeças das crianças.

– Está chovendo! Vamos embora!

– Rápido! Um dos esconderijos fica na sua escola. Fechem essa passagem para que as bruxinhas não saiam daqui!

Usaram de toda a força que tinham para levantar a pedra e fechar o buraco. Era como apagar a luz. A lua coberta por nuvens deixou a noite escura. Os raios clareavam o caminho. Subiram rápido, enquanto a chuva caía como baldes d'água sobre eles. Correram até a casa. Foram direto ao banheiro se secar. Letícia apareceu:

– O que houve? Por que não estão nas camas dormindo?

– Nos molhamos. Está chovendo muito!

– Isso eu sei. Aonde foram?

– Lá fora, ajudar o vovô a ficar bom! – disseram juntos.

– Crianças, vocês não deviam fazer isso! Agora vamos tomar um banho quente para vocês não se griparem e depois, direto pra cama!

Deitaram-se com pijamas limpos e quentes. Letícia levou para eles copos de leite morno com mel. Pegaram num sono profundo.

14

O ARMÁRIO SECRETO

Alice estava sem vontade de sair da cama. Os guris convenceram-na de que precisavam procurar o esconderijo da bruxa e achar o frasco com orvalho de mãe, como as fadas explicaram. E que estavam atrasados. Tomaram o café correndo e esperaram Leandro para levá-los à escola.

Desta vez, com essa missão, parecia que havia começado a aventura. A recuperação do vovô dependia deles. Leandro chegou em seguida e, durante a ida, Alice ficou com os olhos inchados de tanto espirrar.

– O que houve, filha, ficou gripada? A Letícia me falou que vocês tomaram banho de chuva ontem à noite. Alice, se você não se sentir bem na escola, pede para a professora me ligar que eu venho te buscar, certo?

Chegaram tarde, todas as turmas já tinham se recolhido. O pátio da escola estava vazio. Correram para suas respectivas salas de aula. Antes, Matias combinou:

– Alice e Tiago, temos que procurar o esconderijo antes que venham nos buscar! Assim que o sinal tocar para o recreio, nos encontramos aqui. Nada de conversas com os outros. Ouviu, Alice? Nem com a professora. Sem atrasos.

– E se ela me chamar de novo?

– Explica para ela!

Alice esquecera de levar sua boneca preferida, como a professora pedira na última aula. Foi para sua sala sem pressa, aborrecida. Ao chegar, já foi avisando que precisava sair logo que começasse o recreio:

– Não tem problema, Alice. Hoje passaremos a manhã no pátio com atividades na rua. Trouxe seu brinquedo?

– Não, esqueci. Ontem tivemos que sair na chuva para ouvir o segredo das fadas sobre o esconderijo da bruxa e o orvalho de mãe que precisamos levar para o vovô ficar bom...

– Está bem, Alice, agora sente no seu lugar e vamos ver se consigo um brinquedo entre os que temos no armário da bagunça.

– Posso ajudar a procurar?

– Sim, pode.

Abriu o armário para Alice procurar um brinquedo de que gostasse.

– Depois que achar, venha ao pátio, que estaremos lá.

O armário estava abarrotado de brinquedos velhos e novos, bonecas, carrinhos, baldes, ancinhos, jogos, tanta coisa que a menina ficou tonta.

– O que estou procurando mesmo? Um brinquedo! Quem sabe esse? Falta uma parte. E esse? Estranho, tem três caras, uma ri, outra chora e outra séria. – Ela gira a cabeça da boneca e muda de humor. Talvez lá no fundo... Ui! O que houve? – Ficou tudo escuro, a porta do armário se fechou. – Não estou enxergando nada... Ai! – Alice tropeçou e caiu dentro de uma caixa. – O que é isso? Uma maçaneta? Parece um alçapão. – Ela abriu e viu uma escada que levava para o andar de baixo. Lá tem luz. Estamos numa casa de bonecas do seu tamanho. – Ai!

PLOFT! PLAFT!

Alice tropeçou de novo e rolou pela escada. Caiu no chão, que se movia, macio como um colchão!

– Ele pula!

Jogou Alice porta afora. Caiu no gramado de um jardim verde e mole como uma gelatina de limão, que pulava também como um cavalo chucro ou uma cama elástica. Parou num grande campo.

– O que é isso?

Ao seu lado, como um brilhante, viu o reflexo de luz num frasco.

– É o orvalho de mãe! Achei!

Alice guardou-o no bolso do casaco e ficou deitada olhando para o céu feito de papel velho rasgado por onde se via a madeira.

– Este deve ser o esconderijo da bruxa, como as fadas tinham falado! – comentou em voz alta.

– O que você está fazendo? Dormindo, Alice? – a professora abriu a porta do armário, preocupada.

– Não sei. Será que eu sonhei? – Alice se perguntou.

– Sua mãe está esperando você lá no pátio. Esse balão vermelho é um presente meu para você e leve esse outro para o seu vovô, que está doente, para ele ficar bom logo!

• • •

– O que houve, Alice? Dormiu no armário? Como você está? – Letícia perguntou preocupada.

– Cansada.

– E esses balões vermelhos?

– A professora me deu um e outro é um presente pro vovô.

– Que bonito! Ele vai adorar!

15

NO MUNDO DE AMLALUZA

Enquanto eles se dirigiam ao carro, Matias e Tiago cochicharam para Alice:

– Você dormiu no momento de procurarmos o esconderijo da bruxa!

Alice achou o frasco no bolso e, contente, o entregou para os meninos.

– Eu sabia que não estava sonhando!

– Conseguiu? – Tiago exclamou com os olhos arregalados. Matias também vibrou. E ninguém falou mais nada. Só Letícia quebrou o silêncio:

– Vocês têm que ter um pouco de paciência com o vovô, ele continua dizendo coisas sem sentido que assustam as enfermeiras. Não deem bola para suas histórias. Ele se acalma quando está com vocês.

– Pode deixar, mamãe – Matias a tranquilizou.

Entraram no quarto. O vovô estava de olhos fechados e com um tubo no nariz. As crianças se aproximaram e Matias falou:

– Achamos o orvalho de mãe e as fadas explicaram como usar. Precisamos misturar com o pó de pimenta para você tomar. Disseram que é importante e que temos que continuar lendo o livro!

– Se elas disseram isso, então, mãos à obra! – o vovô abriu os olhos empolgado. – Não vamos perder tempo.

Matias preparou a mistura e deu para ele beber.

– O que você tem aí, Alice? – vovô perguntou.

– Um presente da minha professora para você!

– Um balão vermelho! – ele ficou emocionado. – Isso vai alegrar meu quarto. Amarre no pé da cama, assim posso olhar daqui o meu novo companheiro! Agradeça para ela, Alice. Vamos continuar a leitura, Matias?

Enquanto ele lia, o vovô permaneceu com os olhos fixos no balão.

Embaixo da casca do Palácio de Bronze não havia nada, só um campo seco.

No meio dele, uma pequena colina com uma estranha porta de madeira que levava ao seu interior. Fomos em sua direção e, ao nos aproximarmos, ela se desmanchou em pó, facilitando nossa passagem.

– Esta é a entrada do mundo mágico de Amlaluza – disse Almin, indicando a nossa localização no seu plano de voo.

– Amlaluza? Minha mãe falava desse lugar quando eu era pequeno – contei para eles. – Uma espécie de Terra do Nunca, País das Maravilhas, o coração do planeta. Onde não há firmamento e as águas do céu e do mar se juntam. Os peixes e os pássaros voam e nadam em suas águas transparentes como se fossem uma só. O pólen fecunda flores e seres imaginários. Árvores e cogumelos falam sem emitir palavras. Borboletas e insetos colorem pedras como musgos. Nesse reino, as bruxas enrugadas se desmancham com o vento e suas rabugices são varridas, sobrando nelas a leveza das fadas. Onde a infâmia não se espalha e a humildade domina. Amlaluza é inundada de olhos felizes...

Enquanto eu falava entusiasmado, o submarinóptero se conduzia sozinho, como se adivinhasse meus pensamentos.

Ele parecia se deliciar com a minha curiosidade. Voávamos encantados pela luminosidade dourada, que se multiplicava em arco-íris e em milhares de seres, que se divertiam ao flutuarem num ar denso de fantasia – ou será que nadavam?

Ao pousarmos num gramado coberto de margaridas amarelas, percebi alguém se aproximando de nossa nave.

Desci, estiquei o corpo, retirei meu capacete e aguardei os passos que ouvia se transformarem em alguém. De repente, surgiram marcas de flores amassadas, como pegadas de um ser invisível se aproximando até parar diante de mim. Uma voz doce ressoou por todo esse universo

– É a voz da Rainha de Amlaluza! – sussurrou Almin.

– Que bom, conseguiram me achar! É difícil encontrar Amlaluza, tem que se ter perseverança. Vocês aventuraram-se por

caminhos perigosos e sombrios para chegar no coração, no âmago do nosso planeta. Aqui, o céu pulsa como em qualquer ser vivo. Oxigena nossos pensamentos. Aqui, a vida se alimenta. Mas estamos em perigo. A Bruxa dos Cinco Narizes está em guerra contra a superfície e a dos Mil Olhos está encantando o mundo com o fascínio da fama. Elas, pouco a pouco, se aproximam das minhas passagens secretas com a intenção de invadir Amlaluza. Se isso ocorrer, não terei forças para enfrentá-las. Elas transformarão tudo ao contrário, minhas fadas em bruxas e meus duendes em monstros. O meu reino espalhará doenças pelo mundo. Nosso planeta está em perigo. Resta-nos pouco tempo...

Estrondos de trovões, ao longe, interromperam sua voz. Uma fumaça densa surgiu no horizonte e foi invadindo tudo. Uma onda de poeira cinza tomou conta de Amlaluza, escurecendo o dia. Olhos azuis ficaram cinza. Sorrisos viraram riscos de silêncio. Não se ouvia mais o ritmo dos corações que iniciam a vida. Era como se o fim do mundo tivesse chegado.

Vozes e gritos vinham das sombras:

– O Reino em Pó explodiu e a Bruxa dos Cinco Narizes morreu no fogo!

– Abram as portas de Amlaluza! Viemos prender o vô Dino! Sabemos que ele está aqui! Destruam tudo para encontrá-lo!

A voz suave da Rainha de Amlaluza ficou grave e arranhada. Em meio aos gritos, ouvimos ela dizer, claramente:

– A bruxa nos descobriu, ela se valeu do fim da sua irmã para tomar conta do meu mundo. Salvem o nosso planeta! Meus olhos, minhas gotas de vida, estão sendo contaminados por ela. Cuidem-se, não deem atenção ao que vou dizer de agora em diante. Minha voz não será mais minha! Estou virando uma bruxa!...

Amlaluza foi sendo tomada por uma torrente de nuvens escuras e de água podre. Os olhos tornaram-se roxos de raiva e medo, os campos ficaram áridos. A vida foi sumindo.

Escondido entre pedregulhos e terra seca, um fio de água clara corria em direção ao fim do reino. Por conta própria, o submarinóptero fez uma manobra na penumbra e mergulhou no filete de rio triste que cruzava o deserto. Submergimos nas águas antes que se tornasse um mundo de sombras. O córrego escorreu por baixo de uma camada densa que parecia petróleo.

– Como salvaremos Amlaluza?

16

O BALÃO VERMELHO

– O que eles farão, vovô, para salvar Amlaluza?

– Não tenho ideia, Alice, mas o meu amigo balão vermelho está me convencendo de que eles vão encontrar uma saída! Estou um pouco cansado, mas esperançoso. Vamos continuar nossa leitura, Matias?

Não enxergávamos nada. O submarinóptero navegava perigosamente com a velocidade das águas.

Descemos em alta velocidade pelas corredeiras que se formavam entre as rochas, criando cascatas íngremes e profundas.

– Deveríamos ir para Buldrielund buscar reforços! – eu disse no desespero, buscando uma orientação dos Pimpinelas, mas estavam todos em silêncio. Ouviam-se barulhos de guerra, armas atirando e água se chocando em pedras. De repente, um vazio no estômago.

– O

o

o

h

h

h!

– Estou começando a sentir meu corpo leve como um balão. Não sinto mais meu peso, acho que vou voar! A poção mágica deve estar fazendo efeito...

O vovô começou a mudar de cor, seus olhos se esconderam e ele não falava mais nada.

– Vovô! – os três gritaram alto.

As enfermeiras entraram correndo, cada uma se dirigindo a um dos aparelhos. Em seguida, o médico veio acompanhado de outro ajudante. Letícia pegou Alice no colo. Ela estava pálida. Puxou com a outra mão Tiago e chamou Matias:

– Venham, vamos sair!

– O que está acontecendo? – Matias, parado, perguntou atônito, enquanto acompanhava com o olhar o balão vermelho se soltar do pé da cama e subir ao teto, lentamente.

O tempo parou naquele instante. Matias, Alice e Tiago olhavam o balão girar em torno do ventilador de teto. Letícia não conseguia dar nenhum passo. Tudo andava devagar como num filme em câmara lenta. O balão, no entanto, passou a girar rapidamente quando se aproximou das hélices do ventilador, e eles ouviram:

– Continuem a ler o livro sem mim! Estarei esperando que me busquem. Não tenham medo, o mundo é misterioso mesmo. E você, Alice, se cuide para ficar boa logo!

– O que você disse, Tiago? – Matias perguntou.

– Eu não falei nada!

– Foi o balão! – disse Alice choramingando.

– O balão? Ficou louca?

O balão se enrolou nas hélices e foi murchando:

– Era a voz do vovô – Alice murmurou.

– Vovô!!! – Alice gritou, esticando os braços para pegar o balão.

Letícia pareceu despertar com o grito e perguntou:

– O que foi, querida?

A menina chorava no seu colo e os outros dois estavam quietos, de olhos fixos no balão murcho que girava com os movimentos do ventilador.

– O balão falou, tia Letícia! – Tiago disse, sem muita convicção.

– Vamos sair e esperar lá fora – Letícia retirou as crianças do quarto.

17
BULDRIELUND

Havia um silêncio na sala de espera. Alice dormia no colo da mamãe. Matias e Tiago, parados ao seu lado, olhavam para a porta do CTI, que se abriu nesse momento. O tio Michel veio com as notícias:

– O vovô está em coma.

– Coma? O que é isso?

– Ele está desacordado. É como se estivesse desmaiado. Não se mexe. Não fala, nem ouve. Vai ficar assim até os médicos o curarem.

– Pai, ele está sofrendo? – Tiago perguntou, aflito.

– Não, filho, está como que dormindo. O corpo, às vezes, é como o motor de um carro que precisa ir para conserto.

– Vão consertá-lo?

– Esperamos que sim. Talvez amanhã ele já possa voltar para o quarto. Como está Alice, Letícia? – tio Michel perguntou.

– Ela está bem quente, deve estar com febre! Precisamos levá-la para casa – Letícia explicou preocupada e levantou-se para ir embora.

• • •

Alice continuava no colo, sonolenta. Tiago e Matias iam quietos no banco de trás do carro e tio Michel dirigia. Ao chegarem, ele carregou a sobrinha para a cama e administrou os remédios que compraram no caminho. Deixaram ela dormindo, enquanto foram almoçar.

Mais tarde, Matias e Tiago foram ao quarto e ficaram conversando, enquanto Alice dormia:

– Será que fizemos a mistura certa? Será que fomos nós? – Matias estava inseguro.

– Ficamos sem o livro para ler. Deixamos no hospital! – Tiago estava arrasado.

– Eu trouxe o livro comigo! – Matias falou. – Na confusão, peguei sem me dar conta.

– Então, leia para nós, Matias! – Alice sussurrou.

– Você está acordada? Pensei que dormia! – Tiago ficou surpreso.

Matias pegou o livro da mochila e deitou de bruços para ler.

Caímos do alto da cascata num fosso profundo.

O submarinóptero afundou e depois subiu para a superfície tão bruscamente que ficamos tontos.

– Este é o Poço da Severidade – Almin confirmou. – Aqui, a água é filtrada com tanto rigor que pode nos destruir.

As paredes deste poço eram vermelhas e recebiam toda a água da cachoeira. Milhares de bocas serrilhadas de peixes vermelhos mastigavam o que caía, como piranhas. Elas se agitavam tanto que deixavam a superfície espumando de bolhas. Talvez pela queda brusca ou pelo peso do submarinóptero, não fomos atingidos pelas mordidas. Suas mandíbulas furiosas queimavam o mal das águas, limpando-as.

– Olhem! Estamos indo em direção às pedras!

– Pare! Vamos bater!

– Não consigo, a corrente nos leva sem controle.

O submarinóptero mergulhou por conta própria e passou por baixo do paredão, por um canal que nos levou a outro rio.

As águas passavam para o outro lado, cristalinas e azuladas. Almin avisou:

– Estamos no Buldrívere, o rio que leva ao Lago de Cristal de Buldrielund. Descobrimos a passagem secreta para o nosso reino!

• • •

Ao subirmos para a superfície do lago, fomos recebidos como heróis. Erguemos o vidro do submarinóptero e seguimos lentamente em direção à margem, onde o público abanava dando boas-vindas. A cidade estava colorida, bandeiras, barracas, vendedores, músicos, malabares, todos em volta do lago.

Ao aportarmos num dos ancoradouros, encontramos nossos velhos amigos búldrios, a família Grimmzun – Anders, Audhill e seus três filhos, Arne, Dóvery e Drísli. Estavam vivos e nós também! Nos abraçamos e rodopiamos de alegria. A última vez que nos vimos foi quando saímos do Reino em Pó e isso fora há muito tempo. Anders nos ofereceu cerveja feita com o néctar das formigas-pote-de-mel e uns petiscos de raízes doces e cogumelos em conserva. Nos convidaram a assistir a festa da primavera do camarote construído por eles, próximo ao lago.

Todos os olhares estavam dirigidos para o céu da cidade. Nesse instante, a multidão ficou em silêncio e se preparou para o clímax da cerimônia: o nascimento coletivo dos novos bebês.

Só quando olhei para cima descobri o esplendor de Buldrielund! A abóbada que cobria tudo era feita de safira, uma pedra preciosa de cor azul-marinho. O lago sobre uma espessa placa de cristal translúcida brilhava como uma lua cheia. Em toda volta, escadarias serviam de porto para pequenas embarcações. Praças amplas, como grandes átrios, permitiam o trânsito de pessoas e veículos, parecidos com bicicletas.

Lojas se localizavam no térreo dos prédios, que se erguiam ao longo dos arcos da abóbada celestial. Suas janelas eram camarotes de um teatro cujo palco era a própria cidade. No meio do lago, a coluna búldria, parte visível do eixo monumental, importante sistema de condução de energia e abastecimento, atravessava verticalmente todo o reino.

Tudo era feito com pedras preciosas: safiras, esmeraldas, rubis e diamantes. Os búldrios aproveitavam as forças da natureza como fonte de energia: o movimento das águas subterrâneas, o calor do fogo interno e ainda outras. Só não usavam o petróleo, porque para eles era a tinta eterna dos dinossauros e não devia ser usado como combustível. É a memória de uma época importante do planeta. "É como queimar retratos do passado!", diziam. Por serem inventores criativos e excelentes artesãos, conseguiam fazer Buldrielund permanecer sempre acesa e iluminada por todo tipo de luz, menos na noite do primeiro descanso dos bebês pássaros, quando ficava na penumbra.

Estavam sempre ampliando vias tubulares com destino aos mais remotos recantos subterrâneos do planeta. Além de arrumarem seu reino, ajudavam os demais. Como falou Anders, "os problemas dos outros são nossos problemas".

18
A PRIMAVERA BÚLDRIA

– Os búldrios são legais, não acham? Eles se preocupam com todo o planeta! – Alice interrompeu a leitura no momento em que Matias parou para se ajeitar na cama.

– Também acho! – concordou Tiago.

– Posso continuar? – perguntou Matias.

O mundo dos búldrios é fantástico.

Chegamos num momento especial, a comemoração do ano novo, dia em que nascem os pássaros do futuro, como eles chamam os seus bebês. Dizem que a prova mais arriscada de um búldrio é nascer.

– Enfrentar o desafio do primeiro voo é só para os que têm a candura dos pássaros e a leveza dos insetos! – me explicou Audhill. – Nós, búldrios, crescemos no útero de nossas mamães em quatro fases bem definidas: do fogo, da água, da terra e do ar. Na fase do fogo, elas ficam quentes e espalham o calor do seu corpo pelos lugares por onde andam. Enquanto vão separando os alimentos, as comidas quase se preparam sozinhas. Sua presença aquece e aconchega os ambientes.

– Em pouco tempo – continuou Audhill – entram, bruscamente, na fase da água, quando seu corpo esfria e, com a passagem de uma fase para outra, sua muito,

produzindo uma água fértil, a água fundamental, chamada de orvalho de mãe. Por onde andam, vão liberando essa água, como se fosse uma fonte. O precioso orvalho é guardado com cuidado. Serve para rejuvenescer e, quando a misturam com lama primordial, eles conseguem fabricar os crótons, seus pequenos animais domésticos.

– A próxima fase é a da terra, silenciosa e dolorida – completou Audhill –, quando seu corpo, depois de se aquecer e suar bastante, fica mole e macio como lama e vai, pouco a pouco, endurecendo e tornando-se pedra de uma fortaleza. Seu útero se torna um forno protetor e os bebês crescem nas suas bolsas aquáticas como peixes, até virarem pássaros. Durante essa transformação, vão entrando na fase ar. A barriga das mamães cresce como um balão. Elas ficam leves e vão subindo em direção ao céu de safira.

– Vejam, já está começando! – interrompeu Anders, apontando para o alto.

– São muitas, giram suaves, como num carrossel de pombas, em volta da coluna, no meio dos arcos da abóbada. Flutuam no céu de Buldrielund!

Do silêncio, brotou um murmúrio e dele surgiu a canção dos pequenos búldrios nascendo. Saíam das mamães dentro de ovos transparentes. Podia-se ver os bebês engatinhando como se estivessem dentro de bolhas de sabão, leves como plumas. Com esse movimento, faziam as bolhas girarem em círculos, em diversos sentidos, como satélites em volta do coral das mamães.

Uma a uma, as bolhas explodiam virando paraquedas, e os bebês caíam lentamente. Seus braços, cobertos por uma penugem fofa como a dos pequenos pinguins, ajudavam a guiar seus voos de anjos numa espiral lenta e sinuosa. Os bebês giravam em volta das mamães, ajudando-as a permanecerem suspensas no êxtase do nascimento.

– Quando as barrigas se esvaziam, elas começam a perder altura com a dor da partida e podem cair lá do alto. Não é uma dor física, porque os bebês nascem como os beijos quando saem da boca. Mas é a dor do vazio. Do esvaziar-se, surge a melancolia da ausência – Audhill cochichou.

Juntas, faces grudadas, bocas lado a lado, numa única voz, emitiam um som profundo. Toda a comunidade ouvia a nova canção que surgia aos poucos, como um choro, até virar uma risada. Quando, então, somavam-se os sons da plateia na praça, nos camarotes, em todo o lugar, velhos, jovens, adultos, com suas vozes e instrumentos, iam acompanhando a descida suave dos bebês até pousarem na barriga fofa e aconchegante dos papais que estavam no meio do lago feito um colchão, um ninho, uma balsa.

Eu não tinha reparado que estavam ali desde o começo, alegres, inflados de orgulho, como boias, aguardando suas esposas e seus bebês descerem para dar a primeira mamada.

– Crianças, está na mesa! – Letícia chamou para o jantar.

19
NOITE DO PRIMEIRO DESCANSO

– Agora não, mamãe! – Matias e Alice reclamaram.

– Tia, não podemos sair da cama, a Alice está com dor de garganta – Tiago encontrou uma desculpa.

– E se eu levar a comida aí? – Letícia sugeriu.

– Oba! Podemos dormir no quarto da Alice? Precisamos estar juntos para enfrentar os perigos que o mundo está passando. Você não está acompanhando os fatos? – Matias argumentou.

– Fatos? Perigos?

– Temos que vencer a bruxa que está atacando o mundo!

– Onde vocês ouviram isso?

– Nós lemos no livro do vô do vovô.

– Livro do vô do vovô?! Ele está doente, coitadinho!

– Por que vocês nunca acreditam nele? Nunca viu o livro?

– Nunca, queridos! Não existe um livro assim...

– Olha aqui, mamãe – Matias lhe entregou o livro.

Ela pegou em silêncio e o folheou devagarinho. Surgiram lágrimas nos seus olhos. No começo, aos poucos. Depois, não se conteve, abraçou o livro, sentou e chorou. As crianças ficaram tristes e tentaram abraçá-la do jeito que podiam.

– Não chore, mamãe!

– Não fique triste! É só um livro!

– Por que você está chorando?

Ela se conteve, sorriu e beijou a testa de cada um.

– Estou chorando de alegria. Ouvia tanto falar desse livro quando pequena. Diziam que era bobagem, histórias para criança, maluquices do avô do meu pai e que nada disso existia. Ele tentava me contar, mas não deixavam. "É tudo mentira", falavam. "Não coloque essas bobagens na cabeça da menina!" Eu via a tristeza no rosto dele. Até que o assunto desapareceu lá de casa. E agora o livro está na minha mão. Como é lindo, com ilustrações também! – ela comentava, olhando folha por folha.

– Lê para nós, mamãe?

Começou a leitura a partir da página em que pararam:

Quando os bebês mamaram, ouviu-se "Buldriezung".

A famosa canção das festas, do nascimento ao funeral, aniversários e casamentos, se espalhou pela cidade nas vozes de toda a população. A água do lago, as reentrâncias da concha superior, tudo ajudava a acústica nesse lugar.

"Stuvânia vonvlênia stuvênia

Punguvônia prastulínea destuvúnia

Crasculínia croglilia yliuviziozovinia

Astloi astluviynia

Proclilia proclilyiea procliliowm

Duwmvia

Búrio coigni? Stulovni coigni? Pritlovni coigni?

Búrio coigni? Stulovni coigni? Pritlovni coigni?

Biyzia vui!

Niy tu vui! Niet tu vúnia."

O refrão "búrio coigni" na primeira vez era cantado pelos adultos. Na repetição, eram as crianças que entravam dançando e cantando. Todos abriam espaço para elas se espalharem pelos átrios. Ao chegar na parte "byzia vui, niy tu vui!", sempre tinha um tenor que cantava orgulhoso o "vuuui" mais longo de todos os tempos. Porém, sempre faltava ar e ele caía no chão. Era quando todos cantavam juntos: "niet tu vui". E isso soava como "bem feito!". Retiravam o corpo e continuavam a festa, cantando, agora com mais alegria. Quando chegava novamente no "niy tu vui", aparecia outro tenor exibido que tentava um "vuuui" mais comprido ainda e também morria por falta de ar.

Fiquei espantado, mas Anders explicou:

– Quando a festa está animada, morrem mais de dez cantores! Hoje está tenso, acho que não vai demorar.

– Por que se deixam morrer assim?

– Morrer não é uma tragédia. Aqui, há sopros de vida, um fenômeno natural da Terra que sai pelos rodapés dos caminhos. Quando a pessoa cai, recebe esse sopro e logo se recupera, vivendo novamente – Anders concluiu, sorrindo.

A festa chegou ao fim. Muitos dormiam pelos cantos. A luminosidade do reino diminuía, só se via uma luz tênue que vinha do lago. Era a florescência da água e dos bebês nos colos de suas mamães. O silêncio vinha junto com a penumbra, permanecendo apenas o borbulhar da fonte de águas e o do mamar dos bebês.

– Esta é a única noite do ano em que todas as luzes de Buldrielund se apagam e o céu fica na penumbra, permitindo que os bebês tenham sua primeira noite de descanso e todos possam dormir juntos.

Percebi um movimento no lago. O ninho com os bebês e seus papais começou a ser erguido em direção ao teto.

– O ninho agora volta ao berçário, que fica acima da abóbada celestial. Ao se encaixar no teto, é o sinal para nos recolhermos – Anders explicou. – Eles ficarão no berçário até aprenderem as primeiras lições de sobrevivência. Quando descerem para a cidade, iniciará o verão.

– Para onde estamos indo agora? – perguntei, curioso.

– Para uma casa perto daqui. Quando se precisa, como hoje, a gente reserva uma dessas acomodações para festejar em família, com amigos.

Letícia para de ler, olha para as crianças e diz, carinhosamente:

– Meus pequenos búldrios, está tarde. Amanhã é feriado, não vai ter aula, então poderemos continuar a leitura. Vou levar o livro comigo, amanhã continuamos. Boa noite!

Apagou a luz e saiu.

20

O JANTAR DE BOAS-VINDAS

O dia nem tinha aparecido ainda e Matias já estava olhando pela janela.

– Por que você está acordado? – Alice perguntou.

– Tive um sonho. Um cróton, um desses animais domésticos dos búldrios, tentava me dizer algo. Fiquei bem atento e entendi tudo. Ele dizia: "Retirem a pedra! Abram o caminho do poço! Retirem a pedra!". E depois fugiu com medo do temporal que se aproximava. Estou olhando lá no horizonte. Essas nuvens escuras são como as do meu sonho.

– Acho que vai chover de novo! – Alice concluiu.

Letícia entrou e viu as crianças acordadas:

– Já estão em pé? Como passou a noite, minha filha?

– Estou melhor, com um pouco de sede.

– Vou preparar o café. Se arrumem e venham.

Em pouco tempo, já estavam todos à mesa.

– Mamãe, você leu o livro?

– Sim, adorei! Estou impressionada com os perigos que o papai e o bisavô Dino enfrentaram. E vocês também! Que coragem!

Depois do café, foram para a sala de leitura na biblioteca. Letícia sentou-se com Alice no colo e um menino em cada um dos braços da poltrona:

Anders e Audhill me levaram de braços dados, um de cada lado, para a casa que reservaram.

Junto com uma pequena multidão, seguimos, entre murmúrios e gargalhadas, em direção ao fundo das extensas calçadas. Lá ficavam as lojas, os corredores e as grandes galerias internas, labirintos escavados na terra e nas rochas que somente os búldrios conseguiam entender.

Os ambientes eram oficinas e moradias misturadas, ligados por escadas em espiral. Usavam o método das formigas, de se orientar pelos odores dos caminhos em suas jornadas cotidianas.

A multidão se dispersou pelas ruelas de chão batido. Seguimos por uma delas.

Eram túneis escavados na terra e, nos dois lados, havia portas de madeira esverdeadas pelo limo e decoradas com lindos entalhes.

Paramos na frente de uma delas e entramos. O interior era iluminado. A sala se integrava à cozinha. As paredes eram cobertas por desenhos e quadros de lama primordial com letras estranhas que se mexiam e contavam muitas histórias.

Assim que chegamos, começaram a organizar a mesa do jantar. Durante os preparativos, os Pimpinelas cantavam. Serviram taças de vinho de limo branco com pedaços de pão de cogumelo. Acomodamo-nos em volta do fogo. Perguntei para o Anders:

– Como sobreviveram à explosão do Reino em Pó? Vimos as nuvens da destruição invadirem Amlaluza.

Os filhos – Arne, Dóvery e Drísli –, que nos ouviam, se aproximaram. Um deles falou orgulhoso:

– Nós acabamos com a Bruxa dos Cinco Narizes com a ajuda de seus tataranetos, Matias, Alice e Tiago!

– E conhecemos também seu neto, o vô Leôncio – completou Dóvery.

– Meu neto?! Tenho escrito para ele todos os dias, desde a última vez que nos vimos, quando ele era um menino!

– Eles conseguiram voltar para casa com a ajuda do Saci e do Curupira – completou Drísli.

– Vocês ouviram isso? Estamos no livro? – Alice se surpreendeu.

– O vovô também! – Tiago completou.

– Incrível, me deixem continuar! – Letícia falou, ansiosa.

– Folhada está nos dizendo que deu quase certo, o vô Leôncio foi parar no poço seco e as crianças no porão.

– Quem é Folhada? – perguntei curioso.

– Uma das folhas da Goiabeira que vive no quintal da sua casa, que veio conosco – Arne estava com ela na mão. – Nós entendemos a linguagem das árvores também.

– O que ela quis dizer com "quase certo"? – indaguei.

Arne repetiu o que ela contou para ele:

– Disse que Leôncio está no hospital, fraco. Parece grave, mas os médicos não sabem o que ele tem.

Fiquei preocupado com essa notícia, mas continuamos falando sobre o que nos acontecera desde o último encontro. Quando comentei sobre o que se passou em Amlaluza, todos ficaram tensos:

– Então a bruxa invadiu Amlaluza? Era o nosso temor. A apreensão de todos na festa vinha daí e não sabíamos. A bruxa descobriu mais uma passagem secreta no interior do mundo! Logo chegará em Buldrielund para destruir o nosso reino – Anders preocupou-se.

– Amanhã o Conselho vai homenagear nossos filhos, que estiveram na batalha final pela libertação do Reino em Pó, e vamos propor uma ação urgente para salvarmos Amlaluza e, por consequência, o nosso planeta – continuou Audhill.

– Que proposta é essa?

– Usaremos o ninho para purificar o ar de Amlaluza novamente. Levaremos os bebês com suas habilidades, como esperança, espontaneidade, olhar, risadas, assim como as lágrimas e os orvalhos das mamães. E acabaremos com as sombras e o medo da morte – Audhill concluiu.

– Estou exausto, preciso descansar! – falei, sonolento.

– Vou arrumar uma cama para você – enquanto Audhill providenciava, os outros se dispersaram.

Deitei de roupa mesmo e dormi.

– Agora entendi por que tinha aquele ninho de bebês no mundo mágico do poço seco! – Matias se deu conta.

– Sim, eles estavam curando Amlaluza! – Tiago completou.

– Como é legal ser búldrio, se dorme em qualquer lugar, a qualquer hora... – Alice comentou, alegre.

– Preciso parar nossa leitura agora para preparar o almoço – Letícia se levantou para ir à cozinha.

– Não tenho fome! – Alice cruzou os braços, fingindo estar emburrada.

– Agora não, mas mais tarde vai ter, sim! Enquanto preparo o almoço, o Matias continua a leitura, certo? – Letícia se dirigiu à cozinha.

21

INÍCIO DA ODISSEIA

Matias olhava pela janela:

– Vocês se lembram do sonho que contei?

– Do cróton pedindo para tirar a pedra de novo? – Tiago replicou.

– Sim. As nuvens no horizonte continuam as mesmas. É um aviso. Temos que retirar a pedra! – Matias insistiu.

– E tem que ser antes do temporal – concordou Tiago.

– Como? Temos que ir até a casa da vó Leonilda e agora não dá, a mãe está fazendo o almoço. É melhor continuar a leitura, Matias! – Alice insistiu.

Ele sentou-se no sofá, entre os dois, e leu:

Acordei com o cheiro da comida e com os barulhos dos preparativos para nossa viagem.

– Dino, enquanto você dormia, organizamos tudo. Os Pimpinelas vão junto para ajudá-lo – Anders determinou.

Essa decisão me animou muito: além de companhia, terei ajudantes na viagem.

– Como sair daqui e voltar à superfície? Todos os caminhos são controlados pela bruxa – Papalis observou.

– E se for pelo vapor do gêiser? – sugeriu Almin.

– Pode ser – concordou Papalis. – Mas cairemos nos mares da Islândia e não sobreviveremos à fúria da bruxa.

– Precisarão de ajuda! – observou Anders.

– A Goiabeira avisou que suas folhas espalhadas pelo mundo, até na Lua, poderão ajudar – Arne se meteu.

Comecei a me sentir mais tranquilo e confiante. Almin teve uma ideia:

– Vamos levar o licor de buldrielux para dar para o Leôncio. Assim, ele terá o nosso tamanho e poderá viajar junto.

– Antes de sua viagem, reforçaremos o submarinóptero para enfrentar o calor do gêiser. Colocaremos mais uma poltrona ao lado do piloto para seu neto e acrescentaremos água fundamental e lama primordial nos tanques para se transformarem em tinta eterna. Assim

estará preparado para o retorno – explicou Anders.

Todos os búldrios estavam mobilizados. Grupos receberam diferentes tarefas. A nós, coube voltar para a superfície e salvar Leôncio. Enquanto isso, desarmaremos, uma a uma, as garras da bruxa. À família Grimmzun coube levar o ninho para Amlaluza. Havia um clima de agitação, um exército de jovens búldrios protegia o ninho nessa perigosa jornada de translado.

Seguiram em silêncio, cuidando do sono dos bebês. Empurravam lentamente, como se estivessem sobre um tapete de plumas. Tão suaves eram os movimentos que não se ouvia ruído algum. Seguiram por corredores secretos carregando o ninho sem grandes dificuldades. Desapareceram na penumbra da passagem que levava a Amlaluza.

Fomos autorizados a viajar. Seguimos em direção à saída das águas do lago. Elas caíam numa tubulação especial até os Anéis Profundos e dali para os esgotos finais do reino. Papalis indicava com a mão para que eu dirigisse o submarinóptero para cima. Almin me passou as coordenadas do voo.

Subimos em direção à abóbada celestial e entramos no buraco deixado pelo ninho. Ali estava o berçário, um salão enorme com um teto que parecia um queijo suíço de tantos furos.

– Por esses furos, passam os sonhos dos bebês, que saem de suas cabecinhas e sobem lentamente. São guardados no compartimento superior, chamado de sótão das nuvens doces. Lá ficam para serem usados em momentos críticos – explicou Paparron.

Continuamos subindo. Passamos por um dos furos que nos levou ao sótão e seguimos a coluna do eixo monumental em busca de uma passagem para entrarmos no gêiser, que, por sua vez, nos levaria à superfície.

De repente, sem mais nem menos, fomos sugados pelo gêiser, como se ele fosse um aspirador, e entramos na turbulência do seu vapor a chacoalhar feito um guizo.

Em pouco tempo, fomos empurrados e cuspidos para fora da Terra.

– Crianças, parem por um momento! Lavem as mãos e venham para a mesa almoçar!

22

É O CÚMULO-NIMBO

– Mamãe! Temos novidades importantes!

– O que houve?

– Ele está vindo!

– Quem?

– Vô Dino vem salvar o vovô!

– O quê? Sentem-se e me contem direito.

Os três falavam ao mesmo tempo:

– Temos que ir na casa da vó Leonilda!

– Sim! O mais rápido possível!

– Precisamos reabrir o buraco no poço seco!

Letícia procurou acalmá-los:

– Comam primeiro, sem pressa. Depois, lemos um pouco, como prometi, e à tarde vamos visitar a vovó, ela vai adorar.

– Te amo, mamãe! – Alice abraçou-a na altura de suas pernas.

Durante o almoço, conversaram sobre tanta coisa que até esqueci. Alice parou de sentir dor de garganta. Depois, sentaram para ouvir a leitura:

> *Parece que desmaiamos.*
>
> *Subitamente, o submarinóptero parou no ar. Isso nos despertou! Sentimos o perigo da queda. Imediatamente, reativei os motores e voamos, como uma mosca acordando em pleno voo. O gêiser havia*

nos lançado nas nuvens e, antes de cair, conseguimos voar em círculos até encontrar um local para o pouso. Paramos num escolho, no meio do mar, uma rocha solitária, próxima a outros dois rochedos que avançavam, como sentinelas de um exército de pedras íngremes, protegendo a costa com um paredão.

O mar estava modorrento, nenhum pássaro no céu, nenhum sopro, nenhum rumor. De um lado, os penhascos da costa como um pelotão aguardando para entrar em combate, e, do outro, no horizonte, a montanha movediça de vapores, uma nuvem cúmulo-nimbo gigantesca se preparando para o ataque.

– O que faremos? – perguntei.

– Sigamos em frente! Nada de voltar – Almin insistiu.

A muralha de nuvens, com sua bigorna do tamanho do céu, correu em nossa direção criando rodas de ondas marinhas em sua franja, rente às águas, para abrir caminho na calmaria. Esse monstro escuro com milhares de olhos nos espreitava. Nos viu sobre o rochedo, iluminados pelos relâmpagos, como presa fácil. Éramos uma pérola na ponta do dedo rochoso oferecida para o sacrifício. Sua força e seu corpo gasoso cobriam todo o céu, anoitecendo o meio-dia.

– A bruxa é o temporal? – perguntei, no desespero.

– Ela é tudo que se enfurece e se lança sobre nós – esclareceu Almin.

– Avance contra ela! – Paparron ordenou.

TRiiiMM! TRiiiMMM!

– Preciso atender o telefone... Alô, mamãe, tudo bem? Sim, ouvi falar do temporal. Iremos em seguida. Já combinei com as crianças. Como? Elas vão adorar, vou preparar as malas. Você tem roupa para o Tiago?... Não vamos nos demorar... Tchau!... As vovós Leonilda e Dalva querem nossa companhia esta noite; topam dormir lá?

– Sim!!! Podemos levar o livro?

– Lógico!

Letícia juntou numa sacola escovas de dentes, meias e roupas limpas. Estava ficando escuro. O rádio anunciava chuva para o final da tarde ou durante a noite. Saíram em seguida.

Quando chegaram, as vovós estavam no portão, esperando. Vó Leonilda falou para Letícia que o vovô continuava em coma e que havia pouca chance de que ele voltasse à consciência. As crianças ficaram ouvindo, fingindo-se interessadas em outra coisa.

– Perdi a fé, minha filha. Os médicos não acham a causa e ele está cada vez mais fraco...

– Crianças, subam com a vó Dalva e mostrem o livro – disse Letícia.

– Isso, me mostrem, estou curiosa! – vó Dalva pegou as crianças pelas mãos e subiram para ver o livro.

Ao mostrarem, ela ficou surpresa. Pegou com cuidado e começou a folhear lentamente:

– Este é o livro que vocês estão lendo?

– Sim! – Matias respondeu.

– Vó Dalva, você nunca ouviu falar do livro do vô do vovô Leôncio? – Alice estava curiosa.

– Sim! Este é o famoso livro? Eu tinha certeza que existia!

O livro abriu-se sozinho na página marcada e ela começou a ler de onde pararam a história:

Entramos no coração da tormenta, no palácio do temporal.

Em meio ao vômito de águas e rajadas de vento, os mil olhos da bruxa nos atacaram. Ondas enormes com capacetes de espuma se jogavam furiosas contra nós, caindo sobre o exército de rochas que protegiam as praias. Braços e mãos de água se esticavam até o céu para nos agarrar. Rugia em fúria e se inflava em ondas gigantescas vindas velozmente do horizonte à nossa procura. A cada desvio do submarinóptero, o mar ficava mais raivoso e se jogava contra as pedras para extravasar sua ira.

Ventos enlouquecidos nos lançavam de um lado para outro pelos grandes salões de nuvens e cavernas escuras eletrificadas por raios. Os olhos das gotas nos buscavam no breu da falsa noite. Fugíamos como moscas desviando dos tapas irritados do oceano enfurecido.

A tempestade virou um demônio. A nuvem crescia furiosa, disposta a destruir tudo por onde passava. Ventos corriam para cima e para baixo como fantasmas num castelo abandonado. "Desaconselhável voar por entre eles", alertavam os instrumentos de controle de voo, mas estávamos sem condições de contorná-los. O temporal avançava tentando nos engolir! Havia neve, gelo e ventanias violentas correndo em nosso encalço.

A ponta do submarinóptero perfurava os olhos do furacão, desmanchando-o em mantos de espuma. As ondas, botas furiosas de um gigante feito de nuvens, avançavam contra nós, chutando para todos os lados na tentativa de nos atingir. Seu estômago vazio, enormes escadarias de vapor e temporais internos, relampejava em espasmos de fome e fúria.

Súbito, um soco de vento nos atingiu e nos jogou pelos ares. Começamos a cair como um pássaro morto em direção às águas revoltas do mar. Uma onda se ergueu das profundezas com a boca enorme e nos engoliu como se fôssemos um pequeno peixe voador.

EXBRUMBRUM!

Um trovão explodiu, ferindo os ouvidos de todos!

– Ligeiro, fechem as janelas! O vento está derrubando tudo! – vó Leonilda entrou assustada. Correram, cada um para um dos aposentos, a fechar portas e janelas que batiam com a força do vento.

– O temporal chegou! Que medo! – vó Leonilda estava nervosa.

23

UMA LÍNGUA EM FUGA

Por causa do temporal, faltou luz em toda a cidade. Acenderam velas na sala, onde estavam as crianças, e na cozinha, para Letícia e as avós Leonilda e Dalva prepararem o jantar.

– Minha filha, você não vai ao hospital agora, não é? Fique aqui até a chuva passar. Telefone para o Leandro e diga para ele vir jantar conosco. Depois vocês vão juntos.

– Vou fazer isso.

As crianças se reuniram em volta do livro. Matias pegou a lanterna da mochila e, com sua luz, começou a ler:

A queda foi amortecida por algo desconhecido.

A escuridão era total. Acendemos as luzes do submarinóptero e não havia água em nossa volta. Estávamos sobre uma grande esponja cor-de-rosa cercados por um vazio silencioso e úmido, como uma caverna. Almin observou os instrumentos de controle e informou:

– Fomos engolidos por uma baleia! A perseguição da bruxa está nos levando aos trópicos. Estamos, agora, próximos aos mares do Caribe!

– Uma baleia!?

– Psiu, Alice! Continue, Matias!

– Uma baleia? – dissemos todos juntos.

– Sim! E ela está afundando cada vez mais com uma velocidade espantosa – explicou Almin. – Agora está seguindo normalmente para o sul com a mesma velocidade.

– Opa! Balança muito!

– O mar está muito agitado. Correntes em todas as direções estão atacando a baleia, tentando fazer com que ela nos vomite. E ela segue firme! – continuou Almin.

– Indo para o sul? Isso seria uma boa notícia, se não estivéssemos pousados na língua enorme de um monstro marinho, prestes a sermos engolidos e diluídos por seu suco gástrico!

– Ainda não fomos engolidos. Para sair, é só acender uma fogueira aqui dentro e ela nos espirra para fora!

– Pode ser uma solução, mas cairemos nos braços da bruxa, que está nos esperando!

– Temos que pensar em outra saída, e rápido! Concordo com o vô Dino, logo ela vai nos engolir!

– Tenho minhas dúvidas! Não esqueçam que a Goiabeira pediu para fadas e seres imaginários ajudarem nossa fuga! – lembrou Paparron.

– Será que essa baleia está nos ajudando?

– Olhem! Pelo nosso radar, ela já está perto das praias da Colômbia.

– Ela abriu a boca e está entrando muita água do mar!

– Liguem os motores, não podemos ser engolidos! Tentarei manter o submarinóptero dentro da boca.

A água do mar entrou aos borbotões, misturada com cardumes de peixes. Forcei para que o submarinóptero se mantivesse escondido entre os dentes e subimos, em rodopios, em direção ao céu da boca. Acho que por causa das bolhas de ar que fizemos com as hélices perto do seu nariz, ela nos espirrou. Fomos expelidos num jato d'água como um cisco.

– Por que estão lendo com velas, crianças? Já voltou a luz! – Leandro acendeu as lâmpadas da sala dando um susto nas crianças, que chegaram a pular.

– Papai, você veio? Que saudades! – Alice falou aliviada.

– Olá, tio! – Tiago cumprimentou sorrindo.

– Olá, Tiago, que bom te ver! Olá, Matias!

Ele chegou de braços abertos, como costuma fazer quando encontra as crianças depois do trabalho. Saltaram do sofá em sua direção. Ficaram os quatro abraçados um tempão.

– Assustei vocês? Desculpe! Vim convidá-los para jantar. Tem sopa quente para nos aquecer nesta noite fria. Venham!

Correram para lavar as mãos e ir para a mesa.

24

OS RODOPIOS MÁGICOS

Depois do jantar, Letícia e Leandro foram ao hospital conversar com a equipe médica para saber notícias do vovô. As crianças ficaram para dormir com as avós, como combinado.

Enquanto elas conversavam na sala, Matias segredou para os parceiros na cozinha:

– Esquecemos de tirar a pedra do poço. E agora?

– Vamos amanhã de manhã cedo!

– Será que vai dar tempo?

– O que podemos fazer? Ir agora com essa chuva, no escuro?

Resolveram ir, de qualquer maneira.

– Vocês não queriam que eu lesse o livro depois do jantar? – vó Dalva os pegou bem no momento em que começaram a descer a escada dos fundos. Por estarem fugindo para o pátio, ficaram sem saber o que dizer:

– Bem... ãrrã...

– Aonde vão? Para a rua? Na chuva? Com frio? Vão ficar doentes!

– Você prometeu que ia ler para nós! – Tiago choramingou.

– Quando estiverem prontos, deitados na cama, eu leio.

Correram para o quarto.

– Vamos amanhã até o poço – sussurrou Matias.

Em seguida, a vó Dalva voltou. O livro, estranhamente, se abriu novamente na parte em que pararam:

Saímos rodopiando pelo céu coberto de nuvens enfurecidas.

Como prevíamos, a bruxa estava nos esperando com sua violenta ira. Voamos atravessando o temporal para atingir os olhos do furacão. Minhas mãos dominavam o submarinóptero como se fosse meu corpo e sua ponta em flecha furava as águas, que escorriam em lágrimas, fazendo-as recuar com nossa determinação. As nuvens foram se dissipando. Um redemoinho, vindo do continente, nos envolveu e começamos a girar como numa dança entre ondas e nuvens, águas e ventos.

O submarinóptero estava leve, não precisávamos dos motores. Voávamos no vórtice daquele rodopio mágico. Avançávamos sobre um mar de árvores e na ponta do funil do redemoinho, próximo ao chão, vimos a floresta e o rio.

– É o Amazonas! – dissemos juntos.

– Estamos sobre a Floresta Amazônica indo para o sul – Almin confirmou pela carta de navegação.

Víamos bichos sendo sugados, como num aspirador. Giravam nas escadarias desse vento estranho. Vacas, onças-pintadas, macacos subiam pelo redemoinho como numa rampa de poeira e vento. Vimos araras e pintassilgos, pedaços de árvores e até cestos de alguma tribo de indígenas.

– Será que seremos mortos por uma dessas feras?

– Elas estão mais espantadas do que nós!

– Veja, alguns desceram lá na base do redemoinho!

– Isto parece um trem maluco carregando o pessoal de um lugar para o outro!

– Lá não é Brasília?

– Sim! O que o vento está fazendo?

– Recolhendo alguns políticos e os jogando no lago!

– Já entendi! Isso é coisa do Saci-Pererê!

– Estamos no redemoinho dele!

– E sendo levados para o sul do continente em alta velocidade – Almin observava nos seus instrumentos.

– Esse moleque nos fará chegar a tempo! – falei.

– Não! Olhem à nossa frente! – Paparron exclamou.

– Estamos cercados! A bruxa se transformou numa nova cúmulo-nimbo estendida por todo o horizonte sobre a Serra Geral – Almin observou bem.

Diante de nós, uma nova muralha escura e vertical, maior do que a que enfrentamos no mar da Islândia. Uma montanha movediça de vapores, uma nuvem de combate vindo com cautela, lentamente, se alargando e crescendo silenciosamente, se encrespando nas extremidades. Temível na aproximação, nos cercava com sua sombra. Quase imóvel, se ouvia só o cochicho dos furacões antecipando a tempestade, o murmúrio dos ventos contidos e agitados em seu interior, ruminando o iminente ataque. Raios fosforesciam, advertindo sobre o bote da cobra com mil olhos e sem escamas.

Pesados ventos cegos, túmidos de chuva, se revolviam dentro da parede densa, como uma cortina de lã, escondendo na sua espuma a sombra de um sol enfraquecido. Em pleno dia, se fez noite novamente.

– Amigos, se preparem! Lutar contra uma tempestade é lutar com águas do mar e do céu ao mesmo tempo! – gritou Paparron.

– Está na hora de vocês dormirem! – vó Dalva parou de ler.

– Logo agora? – Alice reclamou.

– Já? – Tiago perguntou frustrado.

– Sim, a Alice precisa descansar para ficar melhor. E vocês não tinham coisas para fazer amanhã de manhã no pátio? Então, vão dormir!

– Boa noite, vó Dalva! – disseram juntos.

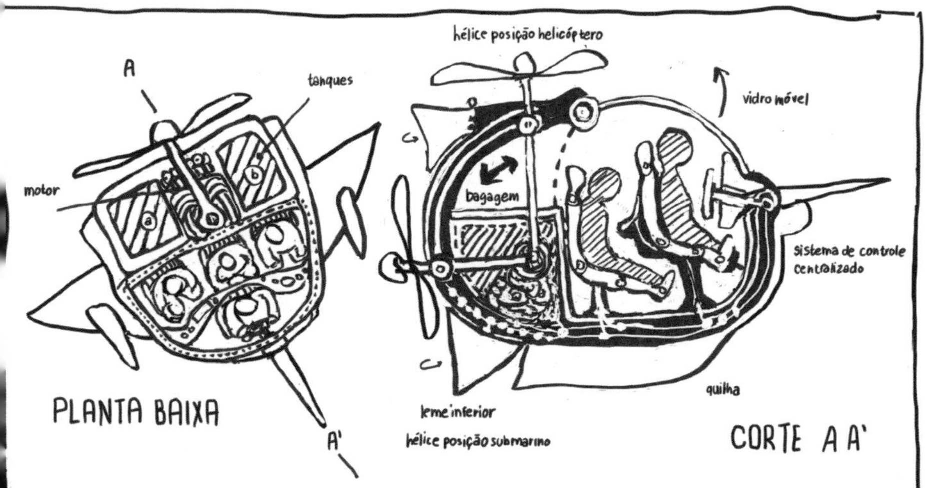

25

A LUTA DOS VENTOS

– Vocês não acham estranha a vó Dalva? Ela sabe tudo!

– E o livro na mão dela se abre sempre onde deve!

As crianças não paravam de falar:

– Precisamos retirar a pedra do poço seco...

De repente, o quarto ficou em silêncio. Não sei se dormiram. Ainda escuro, no fim da madrugada, Matias e Tiago saíram da cama e foram juntos para a janela. Olharam para o temporal. Continuava forte.

– Não podemos descer a esta hora. Vai ser perigoso.

– Vamos ler mais um pouco para ver se o sono vem! – Matias correu para a cama.

– Onde será que o vô Dino está agora? – Alice perguntou, curiosa. Sem se levantar da cama, se recostou no travesseiro para ouvir a leitura.

Matias pegou a lanterna da mochila novamente e iluminou o livro:

Estávamos sendo levados pelo redemoinho do Saci para a grande nuvem parada diante de nós.

Ele dá uma volta e recua.

– O Saci está fugindo da bruxa! – disse Papalis.

– Não! Vejam! Ele é esperto, mais do que nós e a bruxa! Ele está se juntando ao vento minuano que vem correndo do Polo Sul, como um touro pela vastidão dos pampas, os chifres apontados contra a cortina cinza à nossa frente – Paparron descreveu.

– Vai ser uma guerra de ventos! Segurem-se!

O submarinóptero estava no topo do redemoinho, apontando como uma espada na direção do contra-ataque. O Saci, feito um Dom Quixote em seu rodopio, montou sobre o dorso do vento minuano e, num só corpo de dois ventos, avançamos contra o paredão que se movia com os passos lentos e pesados de um gigante. Nos inclinamos e numa rasteira fomos derrubando os pés da tempestade.

O peso de tanta água, se remoendo na monstruosa muralha, não resistiu ao nosso movimento ágil e determinado e tombou num vômito de chuva tropical.

Fomos levados pelo entrevero da luta e pela correria dos ventos em direção aos rios que formam o Guaíba, até chegarmos ao cais de Porto Alegre.

Como um manto sobre nossas cabeças, a chuva ainda foi nos perseguindo. O submarinóptero, protegido pelo redemoinho do Saci, foi se aproximando do hospital no alto do morro.

A força dos ventos abriu as janelas e entramos no CTI. Enquanto voávamos pela sala, o Saci-Pererê saiu rodopiando pelos corredores do hospital fazendo uma grande confusão. Enfermeiros e médicos corriam para fechar as portas e as janelas que batiam enlouquecidas.

– Rápido, pessoal! Lá está a cama do Leôncio! Precisamos colocar o buldrielux no soro para que entre em sua veia – falei para meus companheiros.

A bagunça do Saci apagou as luzes e ficamos no silêncio da noite. Em seguida, nas primeiras gotas, Leôncio encolheu e despertou.

– O que houve?

– Sou eu! Seu avô Dino!

– Vô Dino? Você conseguiu chegar! Onde estou?

– Estamos debaixo da coberta da sua cama no hospital e você está do tamanho de um búldrio! Precisa vestir essa roupa ligeiro para não sair pelado. Vamos fugir antes que as enfermeiras voltem! – falei para ele.

O Saci continuou correndo e distraindo os outros, levantando vestidos, jogando chapéus e rodopiando em ventos pelo hospital. Isso nos deu tempo. No que Leôncio sentou no banco do copiloto, levantamos voo. Nesse momento, entraram os médicos, apavorados, preocupados com os pacientes em estado grave. Acenderam as luzes e foi o tempo de sairmos pela janela.

O vento e a chuva entravam fortes pela janela aberta, fazendo as cortinas varrerem o ar como saias compridas. Ao fecharem, devem ter notado que a cama do Leôncio estava vazia.

CATABRUUMMM!

– Uau! O que foi isso?

– A janela abriu! A chuva está molhando o quarto!

– Fecha logo!

– Eu não! É a bruxa! Manhê! – Alice gritou de medo.

As avós entraram correndo, acenderam a luz. Uma fechou a janela e a outra veio para junto da cama.

– O que houve, se assustaram? Foi só o vento na janela. Nada de mais, crianças. Voltem pra cama e vão dormir!

– Que temporal forte! Parece que estamos sendo atacados pelos redemoinhos do Saci! – vó Dalva disse sorrindo para as crianças.

Alice chorava de medo, Matias estava assustado e Tiago choramingava debaixo do cobertor. Vó Leonilda foi buscar leite morno e mel para acalmá-los. Vó Dalva decidiu dormir com eles no quarto.

– Vou ficar aqui acordada protegendo vocês. Podem dormir.

Sentou na poltrona com seu tricô e esperou eles pegarem no sono.

26
A TINTA ETERNA

Acordaram tarde. O sol apareceu atrás da chuva. Matias olhou pela janela:

– Como vamos até o poço assim?

– Antes, vamos tomar o café, que está pronto – Tiago sugeriu.

Foram lavar o rosto e as mãos e, em seguida, se dirigiram à cozinha, onde a vó Leonilda estava cuidando do fogão e a vó Dalva, servindo a mesa. Sentaram-se famintos.

– Crianças, adorei o livro do vô do vovô! Nunca imaginei que fosse lê-lo!

– Até você, Dalva, acreditando nas loucuras do vô do Leôncio?

– Ué, Leonilda, você nunca leu?

– Ler o quê? O que não existe?

– Olha! Aqui está ele...

Mostrou o livro sobre a mesa. A vó Leonilda sentou na ponta da cadeira e puxou-o para perto. Mexeu na capa com receio.

– Abra! Olhe que lindos desenhos.

Com cuidado, começou a folhear. Apoiou os cotovelos na mesa e com as mãos segurou a cabeça, balançando-a, enquanto repetia:

– Não acredito! Não acredito! O livro existe, como pude duvidar?

– Encontramos no porão! – Alice falou baixinho.

Depois de um tempo folheando e lendo trechos desencontrados, perguntou:

– Vocês já leram tudo?

– Não, acho que nunca vamos terminar – Matias respondeu.

– Vamos ler mais um pouco? Quero saber onde anda o vô Dino – vó Dalva interrompeu o silêncio.

Leonilda empurrou o livro para perto de Dalva e ele se abriu na página certa:

Ainda ouvimos: "Chamem os guardas! Um paciente sumiu!".

Seguiu-se uma gritaria pelo hospital, enquanto voávamos perto do quarto. Uma das enfermeiras olhou pela janela em nossa direção, a luz clareava seu rosto assustado. Tive a impressão de que nos viu. Seguimos nosso rumo...

– Parou de chover! Precisamos ir! – Matias interrompeu a leitura.

– Podemos levar o livro? – Tiago perguntou.

– Sim, mas cuidado com a escada! – vó Dalva consentiu.

Correram em direção ao pátio. Ouviram a voz da vó Leonilda:

– Aonde estão indo com essa pressa? O que está acontecendo?

– O vô Dino veio salvar o...

Não deu para ouvir o resto da frase da vó Dalva. Foram ao poço e alcançaram rapidamente a pedra. Retiraram-na, com esforço, deixando-a cair no fundo cheio de água da chuva. Novamente, a passagem para o mundo mágico se abriu. Viram, então, fadas voando, o lago e o céu limpos e azuis. Começou a pingar sobre suas cabeças. Voltou a chover.

– Vamos sair daqui antes que a gente se molhe!

– Proteja o livro!

– Vamos para dentro de casa.

Saíram do poço com a chuva forte, como se estivessem debaixo de um chuveiro. Tiveram a ideia de ir para baixo das árvores.

Vieram correndo pros meus lados, Folhosa! Eles me conhecem, sabem que vou protegê-los. Agora, fechei meus galhos deixando as folhas bem juntas, uma a uma, para que nenhum pingo passe. Pararam para ver o aguaceiro da chuva. Que legal! Sentaram no mesmo galho baixo em que o Leôncio gostava de colocá-los para contar suas histórias! No barulho dos pingos, deu para ouvir a voz do Matias lendo:

...protegidos pela escuridão.

Ninguém nos viu saindo com Leôncio. Ele está recuperado, como se nunca tivesse estado doente. Rimos enquanto sobrevoamos as luzes da cidade. A chuva continua chorando sobre as ruas. As casas ainda dormem. No horizonte, rasgando as frestas das nuvens, raios do sol se espreguiçam tímidos, acordando o dia.

É o fim da madrugada e nossa alegria não sente sono. Leôncio está feliz com seu sorriso maroto de sempre. É bom estar com ele novamente, viajando em nossas aventuras! Os Pimpinelas também estão alegres e começam a cantar, enquanto passeamos sobre a cidade.

Descemos o morro do hospital em direção ao cais do porto. A chaminé da Usina do Gasômetro, as águas turvas do Guaíba, as praias e a mata nativa aparecem com as luzes das primeiras horas da manhã. A chuva continua a lavar as pedras redondas que cobrem as areias da costa. Sigo em direção à nossa casa, sobrevoando o parque no alto do morro. Lá está a Goiabeira, no meio do quintal.

– Veja os meus netos lendo na árvore, vô Dino!

– Exatamente como você fazia nessa idade, Leôncio!

– Rume em direção ao poço seco! – Papalis chama minha atenção. Entramos em voo rasante e vamos direto ao buraco que existe na parede do poço.

– Esse portal nos levará ao mundo de Amlaluza – disse Almin, olhando para o mapa de voo.

– Olhem só, Amlaluza está totalmente recuperada! O ar está puro de novo. Podemos respirar o vento de seus pulmões. As bruxas e as fadas voltaram a ser amigas. O planeta foi salvo mais uma vez! – Paparron se entusiasma.

– Daqui para chegar em Buldrielund é um pulo – comenta Almin.

– Crianças, venham me ajudar a servir o almoço! – vó Leonilda está chamando.

Neste momento, Letícia, Leandro e Michel chegam tristes do hospital e vêm em direção às crianças.

– Queridos, temos uma má notícia.

Elas, sentadas no meu galho, esperam os pais se aproximarem. Cada adulto abraça um deles com carinho, enquanto a chuva escorre como lágrimas do céu. Leandro conta:

– O vô Leôncio desapareceu, ninguém sabe explicar para onde ele foi...

– Uns dizem que foi para a Lua, outros para debaixo da terra, ninguém sabe ao certo – Letícia diz, com lágrimas nos olhos e um leve sorriso no rosto.

– Nós sabemos, não é, mamãe? Ele foi para Buldrielund com o seu avô – Alice sorri e abraça Letícia com força.

Tiago continua a explicação:

– Eles estão agora em Amlaluza!

– De onde vocês tiraram isso, filho? – Michel, com lágrimas nos olhos e contendo sua tristeza, abraça Tiago com carinho.

– Do livro do vô do vovô, ele conta tudo. Que eles saíram juntos do hospital e foram para um lugar seguro! – resume Tiago.

– Sim, vocês não devem ficar tristes, ele está muito bem agora – Alice conclui.

– Vamos ajudar a vó Leonilda a preparar a mesa para o almoço? Hoje é sábado, teremos um almoço especial, vamos! – Matias pula nos braços do Leandro e todos saem de mim.

Vão de mãos dadas em silêncio.

Matias deixa cair o livro no chão e a tinta escura escorre pelo pátio, se misturando com a água da chuva. Estou sentindo em minhas raízes o calor da tinta eterna da humanidade correndo pelas entranhas da Terra. Fomos salvos novamente. Pelo visto, teremos mais histórias por aí.

– HA HA HA HA HA!

Puxa, que risada mais estridente. Coisas de bruxa! Chegou a estremecer o quarteirão todo. Será que alguém ouviu?

FIM

AGRADECIMENTOS

A Rosany Schwarz Rodrigues pela dedicação e pelo talento nas sugestões e observações sobre o texto final; a Giulia Barão pela leitura crítica e comentários; a Lucas Levitan pela cor, finalização da capa, ajuda e sugestões nos desenhos; a Suzete Castro Martinez, pelos mergulhos em meus livros, pela adaptação da Pimenta do Reino em Pó para o teatro infantil; a K8TIE, por seu adolescente fascínio pela leitura, e ao seu avô, Hique Gomez, pelo incentivo e pela magia que mora nele e, finalmente, a toda a equipe da L&PM pelo apoio e cuidado na edição de meus livros, especialmente, à Caroline Chang, pela atenção e gentileza.

lepmeditores

www.lpm.com.br
o site que conta tudo

Impresso na Gráfica COAN
Tubarão, SC, Brasil
2023